KB066721

정보원 하

# 정보원 하

## 남의 정보원

홍상화 소설

한국문학사

# 차례

## 남의 정보원

# 정보원의 나날

1.

1979년 4월 어느 날 늦은 오후, 김경철은 뉴욕을 떠나 김포국제공항에 내렸다. 공항 터미널 밖으로 날리는 흙먼지 바람에 지난겨울의 매서웠던 추위가 아직 묻어 있기도 했지만, 여인들의 화사한 웃음과 어울리는 옷맵시 너머로 강자락처럼 펼쳐진 벚꽃은 서울의 봄을 느끼게 했다.

그는 택시를 잡으려고 길에 늘어선 사람들의 맨 뒤로가 차례를 기다리며 주위를 살펴보았다. 빠른 속도로 줄어드는 행렬은 대부분이 배웅차 나왔다가 돌아가는 사람들인 듯싶었다. 해외 건설 현장으로 아들을 보낸 노부부의 섭섭한 표정, 남편을 보내며 마음속으로 장도의 편안함을 빌었을 여인의 측은한 표정, 그리고 상사의 외국 출장에 얼굴이라도 비쳐야겠다고 왔을 법한 월급쟁이들의 무심한 표정⋯⋯.

마침내 차례가 되어 김경철은 택시 뒷좌석에 올라 운전사에게 행선지를 댔다. 50대 중반 운전사가 건네는 '어디서 왔느냐?' '그곳 기후는 어떠냐?' 등 호기심에 찬 몇 마디 질문에 더없는 친근감을 느꼈다. 바로 한국이 조국이고, 자신이 한국인의 피붙이임을 확인하는 느낌이었다. 나이 지긋한 운전사의 주름진 얼굴에서 천성적으로 착한 마음씨를 지닌 한민족의 특성을 읽을 수 있었다.

그가 도착한 곳은 여의도에 있는 허름한 호텔이었다. 그가 이류 호텔을 택한 이유는 그곳에서는 아는 사람을 만날 확률이 적기 때문이었다. 그리고 어쩐지 일류 호텔에서 느끼는 상업적인 친절함과 달리 이류 호텔에서는 한국인의 순박함을 맛볼 수 있으리라는 생각이 들어서였다.

호텔방으로 들어서자 짐을 날라준 포터는 한눈에 들어오는 방의 구조와 바보가 아니고는 다 알 수 있는 텔레비전의 작동 방법을 설명하려 했다. 김경철은 1달러짜리 2장을 건네주며 그의 설명을 손짓으로 말렸다. 그런데도 그는 굳이 샤워 시 뜨거운 물과 찬물을 섞을 때 매우 조심해야 하며 저녁에 들어오는 히터의 소음이 잠잘 때 방해가 된다는 것 등을 일러주고 나갔다.

그는 가방에서 속옷과 와이셔츠를 꺼내 선반 위에 올려놓고 여행 중 구겨진 양복을 옷장에 걸어놓았다. 폴리에스테르 양복이니 내일 아침이면 그냥 입어도 될 정도로 펴지리라는 것을 수많은 외국여행의 경험으로 알고 있었다.

그는 손가방에서 서류철을 꺼내들고 침대에 반듯이 누웠다. 서류철 맨 위에 암호로 된 전문이 묶여 있었다. 뉴욕 유엔 대표부의 중앙정보부 파견 영사로 근무하는 김경철 자신을 수신인으로, 중앙정보부 본부에서 띄운 지 24시간이 채 안 된 전문이었다. 거기에는 가장 빠른 경로로 본부에 출두하라는 내용이 담겨 있었다. 전문만으로는 그 이유를 헤아릴 수 없었지만 15년이 넘도록 정보부에 근무한 김경철은 매우 긴박한 용무라는 것을 짐작했다. 용무가 급할수록 전문의 내용은 늘 간단했다.

그는 자신이 기내에서 메모한 10장 정도의 보고서를 자세히 읽어내려갔다. 김경철은 전문을 받은 즉시 그 이유를 여러모로 궁리해보았다. 긴박한 업무라면 미국 동부 지방의 교포나 망명 정치인들의 활동에 관한 건이리라 판단되어, 비행기를 타기 전 대기 시간과 기내에서 그들의 활동사항을 보고서에 자세히 담아두었다.

근래에는 그다지 뚜렷한 반정부 활동은 없었고 몇몇 반정부 교포학자들이 북한의 초청으로 평양에 다녀온 적이 있었으나 그 사실은 이미 본부에 자세히 보고된 상태였다. 방문을 주선한 한두 명의 극렬분자를 제외하고는 전반적으로 북한 사회에 실망을 표시했으므로 오히려 좋은 결과로 분석했었다. 특히 김일성과 김정일에 대한 극심한 개인숭배 사상을 직접 목격한 그들이 앞으로 북한의 정치 선전에 동조하지 않으리라는 분석도 들어 있었다.

또한 망명한 전직 관료들의 미국 내 반정부 활동도 처음에는 미국 정치인들과 언론의 동조를 얻는 듯했으나 이제는 관심이 차차 낮아지는 국면이었다. 그들의 진정한 망명 동기는 그들이 지껄이는 내용과는 달리 민주주의를 위한 투쟁이 아닌 권력 투쟁에서 낙오된 데 있었다. 그리고 현직 국내 정치인들을 향한 그들의 개인적인 비방이 이제는 교포 사회에 제대로 먹혀 들어가지 않았다.

하지만 김경철은 자신의 활동 사항에 어떤 오해가 생겼거나 혹은 자신도 모르는 사이에 교포들의 반정부 활동이 진전되었을 가능성도 있는 일이라 불안한 마음을 완전히 떨쳐버리지는 못했다.

무슨 일이 일어났을까? 분명히 매우 중요한 상황이 벌어졌음이 틀림없다. 그렇지 않고는 유엔 주재 대사관의 영사를 급히 소환할 리가 없다. 인사 발령일지도 모른다는 생각이 퍼뜩 그의 머리를 스쳤다. 15년간의 근무 기간 동안 10년 가까이 외국에서 보냈으니 이미 어느 국내 지방 분실의 실장으로 발령이 났을지도 모른다. 생각하면 할수록 그러한 가정이 점점 기정사실로 받아들여졌다. 만일 그것이 사실이라면? 자신에게 질문을 던졌다.

그 질문에 대한 답이 서슴없이 나왔다. 15년 동안 몸담은 직장을 떠나는 것이다.

서른아홉 생일을 맞은 지난해 이후 건강에 대한 자신감을 급속히 잃어버렸다. 5, 6년 전만 해도 밤늦게까지 폭음을 했더라도 다음날에는 일찍 일어나 진한 커피를 두어 잔 마시고 출근길에 영양제를 곁들인 드링크를 한 병 마시면 별문제가 없었다. 그러나 근래에는 아내와의 잠자리마저도 부담을 느낄 때가 종종 있었다.

건강 문제보다 더 큰 이유가 있었다. 지방 분실장으로 재야인사나 운동권 학생들의 꽁무니만 따라다닐 생각은 추호도 없었다.

그는 서류를 챙긴 가방을 탁자 위에 올려놓고 깍지 낀 손으로 머리를 받친 채 천장을 응시했다. 내일 아침이면 자신의 생활에 큰 변화가 올지도 모른다. 어떤 이유든 간에 15년 가까이 종사한, 그의 모든 젊음을 바친 직장을 떠나야 할지도 모른다. 그러나 이러한 일들이 놀랍게도 그를 초조하게 하거나 괴롭히진 않았다. 오히려 그를 차분하게 만들었다.


2.

1960년 봄, 4·19혁명 후에 학보병 T.O.가 없어 나중에 전입할 양으로 일반병으로 입대한 김경철은 논산훈련소에서 명문대학 재학생이라는 점과 우수한 지능테스트 성적 덕으로 서울 용산에 있는 육군 정보부대에 배속되었다. 그리고 그곳에서 일등병으로 근무하던 중 5·16 쿠데타를 맞이했다.

쿠데타가 일어난 후 1주일쯤 지난 어느 날이었다. 지붕이 없는 지프차가 부대장실 앞에 도착했다. 뒷좌석에 기관총을 하늘로 향해 든 2명의 군인을 호위병으로 앉힌 채 운전석 옆자리에는 짧은 머리에 검은색 선글라스를 쓴, 정보부 창립자인 듯한 점퍼 차림의 남자가 타고 있었다. 그 남자와 육군본부 정보부대장 간의 대화를 엿들을 기회가 있었다. 요원 차출 문제로 시작한 대화가 서로 언성을 높이는 결과로 발전되었다. 당시 나는 새도 떨어뜨릴 만한 위세를 가진 정보부 창립자에게 부하를 잃지 않으려는 부대장의 곧은 자세에도 감명을 받았지만, 그것보다 급하게 진전되는 주변 상황에도 불구하고 정보부 창립자의 인재에 대한 놀라운 집착은 그에게 신선한 충격으로 다가왔다. 그는 이런 일련의 일들로 정보부에 대한 매력을 느꼈고, 군에서 제대하면서 정보부에 발을 들여놓게 되었다. 그것이 인연이 되어 15년이란 세월을 정보요원으로 보내게 될 줄이야…….

그리고 그 외에 다른 이유가 있었다. 그는 작달막한 체구에 언제나 입을 꾹 다문 박정희에게 희망을 걸었다. 당시는 트랙터를 대량으로 남미에 수출하는 북한 경제에 대항해 미국이 버린 깡통으로 만든 '시발' 택시가 서울 거리를 누비던 시기였다. 북한의 일인당 연간 국민소득이 125달러에 미칠 때 남한은 75달러에 그치고 있었다. 명동 거리에는 붉은 페인트통을 든 양아치들이 돈을 안 주는 사람에게 페인트를 뿌렸다. 그러나 일반 정치인들은 권력의 앞잡이로 호의호식하든지 멋모르는 국민들과 야합해 허망한 자유만을 부르짖고 있었다. 어디 그뿐이랴. 경제발전을 거듭하는 일본인들이 달러의 힘을 빌려 백의민족의 여성들을 제멋대로 주무르고 있었다.

이 모든 것에 종지부를 찍을 수 있는 사람이 박정희일 것이라 믿었다.

그 당시 그의 눈에 비친 '이승만'은 젊어서 한국을 떠났을 때 이미 국민의 고통을 맛볼 수 없게 되었고, '윤보선'은 몰락한 귀족 행세나 하려는 시들어버린 나뭇가지와 같았으며, '조병옥'과 '장택상'은 정치를 취미로 삼는 장난꾼이나 난봉꾼에 불과하며, '장면'은 '무능'의 대명사로 보였다.

아아! 그러나 박정희라는 인간을 향했던 그의 기대가 얼마나 잘못된 것이었나! 쿠데타 초기 검은색 선글라스로 가려졌던 매서운 눈초리는 그 후 권력투쟁과 미국의 위협에서 어느 정도 벗어났을 무렵에는 희망과 포부에 찬 눈빛으로 빛났다. 하지만 정치현실에 참여하고 나서부터는 음흉한 눈으로 변했으며, 경제 발전을 위한 끊임없는 도전과 좌절을 맛보았을 때는 고독에 찬 눈으로 바뀌었다. 그러나 국내와 국외 전문가들이 불가능하다고 단정한 일을 가능한 것으로 이루어놓았을 때는 자만에 찬 눈을 갖게 되었다. 근래에는 주위에 미친개들을 풀어놓고 똑바른 정신을 가진 자는 쉽사리 접근조차 못하도록 했다. 말 잘하는 학자들은 한민족을 좀먹는 무용지물로, 떠들썩한 대학생들은 멋모르고 날뛰는 국가관 없는 아이들로, 민주주의 신봉자인 체 행세하는 야당 정치인들은 외국의 장난에 함께 날뛰는 골이 빈 자들로밖에는 취급하지 않았다. 시끄럽기는 마찬가지인 종교인들도 사대주의 사상에 물든 국적 없는 위선자들, 그 이상으로 보이지 않는 듯했다.

김경철은 박정희에게 향했던 자신의 기대가 허물어진 이상 정보부를 미련 없이 떠날 수 있다고 다짐하며 곤한 잠에 빠져들었다.


3.

다음날 아침 일찍 김경철은 정보부에 도착했다. 정보부 건물은 언제나 그렇듯이 살아서 꿈틀거리는 거대한 권력의 집합체인 양 위압적이었다. 이 건물 안에서 몇몇이 아무렇게나 결정한 사항이 얼마나 많은 사람에게 고통을 주고 있는지 아는 사람은 그리 많지 않을 것이다. 바로 이 건물이 때로는 독재를 뒷받침하는 상징인 동시에 외부의 나쁜 영향으로부터 국가와 국민을 보호하는 보이지 않는 힘이자, 또한 말을 잃어버리고 매서운 눈빛을 가진 많은 정보요원들의 보호막이기도 한 것이다.

'우리는 음지에서 일하고 양지를 지향한다'는 표어가 걸린 1층과 2층 사이의 계단을 거쳐 김경철은 국장실로 올라갔다. 언제라도 발휘할 수 있는 칼날같이 날카로운 판단력이 꼿꼿하게 일어서 있었다. 부속실 문을 열고 들어서니 직원이 기다렸다는 듯 소파에 앉으라고 한 후 곧 차를 내왔다. 그는 조용한 미소로 고마움을 표시했다. 그는 직원에게 아무 말도 하지 않았고 그녀 또한 한마디도 하지 않으려는 눈치였다. 그들은 한마디라도 아끼는 게 덜 위험하며, 한마디라도 더 듣는 것이 유리하다는 철학을 이미 터득한 터였다.

책상에 놓인 인터폰에서 '김 영사가 왔으면 들여보내라'는 말이 흘러나오자 직원이 국장실 문을 열어주었다. 김경철이 국장실로 들어섰다. 김성수 국장은 창문을 뒤로한 채 태극기와 대통령 사진 아래 놓인 책상 앞에서 서류를 보고 있었다. 국장이 서류에서 눈을 떼고 김경철을 맞았다. 그는 문 앞에서 차렷 자세로 목례를 했다. 김 국장은 소파를 가리키는 손짓으로 그의 목례에 답했다. 김경철이 소파에 앉자 김 국장은 그의 뒤쪽 창가로 가 뒷짐을 진 채 밖을 내다보았다. 몇 년 사이 놀라울 정도로 세어버린 머리카락 올올에 햇빛이 머물렀다. 권력이 크게 주어질수록 자리를 유지하기가 어려운 법이다.

"김 과장, 아니 김 영사라고 불러야겠군. 김 영사, 요새 뉴욕은 어떤가? 반정부 교포 활동은 좀 조용해졌다지?"

"네, 근래에는 활동이 눈에 뜨일 정도로 약화된 것 같습니다. 지난번 교포 학자들의 북한 방문으로 북한에 대한 인식이 오히려 나빠진 게 가장 큰 이유라고 판단됩니다."

그는 교포 활동에 대한 김 국장의 첫 번째 질문은 본론이 아님을 직감했다. 정보요원으로 뼈가 굵은 그는 전형적인 질문 수법으로 중요한 질문을 항상 상대방이 답하기 쉬운 질문 다음으로 한다는 것쯤은 알고 있었다. 질문을 받는 사람을 안심시키고, 동시에 어려운 물음에 대해서도 쉬운 답변을 할 때와 같은 속도로 대답을 해야 한다는 의무감을 주려는 목적이 있었다. 그렇게 함으로써 답변하는 사람이 거짓 답변을 하면서 실수하게 하든지 아예 거짓 답변을 못하게 하려는 계산이었다.

"정사준, 아니 정사용이라는 자를 기억하나?"

여전히 창밖에 눈을 준 채로 던진 질문이었다. 이것이 본론임에 틀림없었다.

정사용? 정사용은 그와는 남다른 인연으로 맺어져 있

었다. 정사용은 김경철이 1970년 필리핀으로 부임하기 전 약 3개월에 걸쳐 심문했던 자수 간첩이었다. 워낙 호탕한 성격인 데다 개성이 뚜렷해서 매우 호감 가는 사람이었다. 남한 정착 후 정사준으로 개명한 그와는 비록 일곱 살의 나이 차이는 있었으나 기회가 주어질 때마다 자주 만나며 사적으로도 친분을 쌓았다.

"잘 기억하고 있습니다."

"알고 있는 내용을 이야기해보게."

김 국장은 그때서야 창 쪽에서 돌아와 소파에 자리했다.

"경상북도 대구 출신으로 6·25 남침 당시 서울에서 중학교 5학년 재학 중 괴뢰군 퇴각과 함께 의용군에 자원 월북한 자로, 밀봉교육을 받고 1970년 남파되어 당시 정치 거물인 숙부와 재계 인사인 사촌형의 설득으로 자수한 자입니다……. 당시 그의 나이는 38세였습니다."

"확실히 자수한 자지? 자의로 말일세."

김 국장이 다짐하듯 물었다.

"거기에 좀 애매한 점이 있긴 합니다."

그는 정사용으로부터 들은 석연찮던 자수 경위를 상기하며 말했다.

"애매한 점이 무엇인지 자세히 설명해보게."

김 국장이 그의 눈을 똑바로 응시하는 것은 한마디의

허위도 용서치 않겠다는 단호한 의사 표시였다.

"심문하는 과정에서 그는 자의로 자수하지 않았다는 점을 기회 있을 때마다 강조하는 듯했고, 저와 함께 심문했던 미국 측 심문관이 자수라는 점을 언급하면 항상 저항감을 보였습니다. 당시 자수 과정은 제가 관여할 문제도 아니었고, 체포 경위 보고서에도 분명히 자수한 것으로 되어 있었습니다. 그래서 저는 그자가 단순히 자수를 비겁한 행위로 여겨서 그러는 것으로 알고 크게 신경을 쓰지 않았습니다."

"한 가지 분명히 해두고 얘기를 계속해야겠네."

김 국장은 몸을 앞으로 숙이고 검지를 세워 보이며 '한 가지'와 '분명히'란 말에 힘을 주었다.

"무엇입니까?"

"그자는 분명히 자의로 자수한 것이네, 알겠나?"

"저도 그렇게 알고 있습니다만 지금 와서 그것이 무슨 중요한 의미라도 있습니까?"

김 국장은 몸을 다시 뒤로 젖혀 등받이에 기댔다.

"그 의미는 나중에 설명이 될 거고, 김 영사는 그자가 자수했다는 점을 분명히 기억해둬야 하네."

"저도 그자가 자의로 자수한 것으로 믿고 있습니다."

"믿고 있는 게 아니라 자수한 것으로 알게. 정사용이

자수 의사를 표시할 때 내가 그곳에 있었고 그자를 숙부 집에서 데려온 것도 나야."

"그렇다면 확실한 것 아닙니까?"

"그럼 그 문제는 그 정도로 하고……."

김 국장은 말머리를 돌리며 옆에 놓인 물로 목을 축였다.

"……그자가 어제 새벽에 죽었네. 내일이 바로 발인이라네."

"어떻게요?"

김경철이 깜짝 놀라 물었다. 너무나 충격적인 소식이라 믿을 수가 없었다.

"바로 그게 문제야. 그자가 죽기 얼마 전 제 입으로 위암에 걸렸다고 떠들고 다녔다는데, 군 수사기관의 독자적인 조사에 의하면 자살했다는 확증을 잡았다는 거야."

"위암으로 치유될 가망이 없다고 생각해 자살했을 가능성도 있지 않습니까?"

김 국장은 다시 자리에서 일어나 뒷짐을 지고 책상 주위를 맴돌았다.

"아니야, 군 수사기관이 위암이 아니라는 확증을 갖고 있다네."

"정사용의 성격으로 봐서는 자살할 리가 없습니다만 그 이후에 성격 변화를 일으킨 것이 아닐까요?"

"물론 그럴 가능성도 생각해보았는데…… 그자가 위암에 걸렸다고 떠벌리고 다닐 때부터 계획된 자살이라고 군 수사기관은 믿고 있어."

"계획된 자살이라면 이유가 뭘까요?"

김 국장은 다시 그의 자리로 가 앉으며 책상 위로 몸을 내밀었다.

"아직 윤곽조차 못 잡았네. 군 수사기관에서 독자적으로 그 이유를 찾고 있다는 보고를 받았네. 그들의 추측으로는 정사용이 북한 정보기관과 계속 연락을 취했다는 거야. 그동안 이곳에서 놀라울 정도의 재산을 모았는데 그중 많은 부분을, 몇 십 억이 된다는데, 자신이 암에 걸렸다고 소문을 내고 다니면서부터 처분했다는 거야. 그런데 말이야, 그 돈이 어디로 갔는지 가족조차 몰라. 참으로 돈의 행방이 묘연해."

"군 수사기관이 갖는 이 사건의 관심은 돈의 행방이 아니겠지요? 그렇다면 북쪽과의 연계 문제인데 그것은 원래 저희 쪽 일이 아닙니까? 군 수사기관에서 그토록 관심을 갖는 이유가 뭐지요?"

잠시 천장을 바라보는 체하며 짐짓 시간을 벌려는 김 국장의 태도로 보아 김경철은 그의 질문이 핵심을 바로 찔렀음을 알았다. 김 국장은 한참 만에 김경철 앞 소파에 앉았다. 그러고는 매우 조심스럽게 입을 열었다.

"자네를 누구보다 믿는 처지니 말하겠네. 그러나 지금부터 내가 하는 말은 비밀로 하게. 물론 자네 부인한테도."

김경철은 이 건물 내에서 한 모든 이야기가 그렇지 않느냐고 국장에게 되묻고 싶었지만 참았다.

"우리 부장님하고 군 수사기관의 사령관이 지금 권력 투쟁을 하고 있네. 우리 부의 실책을 찾아내어 부장님을 궁지에 몰아넣으려고 혈안인 판에 이 사건의 냄새를 맡고 군 수사기관에서 집요하게 달려드는 걸세. 그리고 이것은 부장님만 아니라 자네와 나, 우리 세 사람 모두가 관련된 일일세."

김경철이 어리둥절한 표정을 짓자 김 국장은 설명을 덧붙였다.

"그자가 자수할 당시 국회의 제일 실력자인 숙부 정희성이 그 당시 차장이었던 지금의 부장님에게 전화를 했고, 부장님의 특별지시로 자수로 만들라는 엄명을 받고 현장에 가서 그를 데리고 온 것이 바로 날세."

김 국장은 한 손을 그의 어깨 위에 올려놓았다.

"자네는…… 정사용이 외국 여행을 하겠다고 했을 때 전향이 확실하다고 미국 임지에서 신원 보증을 해 보내지 않았었나."

2년 전 정사용으로부터 해외 출장을 가야 하는데 여권을 내려면 심문을 담당했던 심문관의 신원 보증서가 필요하니 부탁한다는 간곡한 내용의 편지를 받고, 조총련 활동이 활발한 일본으로의 여행을 제외한다는 조건으로 신원 보증을 해준 적이 있었다. 김 국장은 그걸 끌어낸 것이다.

"그래서 우리가 그대로 앉아만 있으면 군 수사기관에서 이러한 사실을 모두 밝혀낼 것은 시간문제고…… 또한 정사용의 자살 동기가 북한 첩보 기관과 연관돼 있다는 사실이 증명된다면 부장님의 입장이 난처해질 것은 뻔한 일이 아닌가. 그리고 자네도 나도 자리에서 물러나야 할 입장이 될 것이고, 더더구나 일이 잘못되면 형사 책임까지 물어오지 않는다는 보장도 없다는 걸세."

김경철은 권력자 간 암투의 부산물로 자신이 희생될지도 모른다고 생각하자 매우 불쾌해졌다. 그리고 보증을 서준 사실을 가지고 은근히 협박을 가해오는 국장이 밉살스러웠다. 그래서 그는 한마디 내뱉어버렸다.

"모든 것이 사실이라면 어떻게 할 도리가 없지 않습니까?"

김 국장과 눈이 마주쳤으나 이번만은 먼저 피하지 않

앉다. 그는 다시 말을 이었다.

"군 수사기관이 독자적으로 하는 수사야 막을 방법이 없지 않습니까? 현재로서는 경찰이나 다른 수사기관들이 우리 쪽보다 군 수사기관에 더 협조할지도 모르고요."

김경철은 권력 암투에서 부장이 밀린다는 소문을 은근히 암시했다.

"방법은 있어. 부장님 생각으로는 우리가 군 수사기관보다 한발 앞서 사실을 캐내면, 그 사실이 부장님에게 불리한 것일지라도 영감님께 직접 보고하고 잘못을 인정하면 그 정도야 영감님이 봐줄 것 같다는 거야."

김 국장은 엄지손가락을 펴 보이며 대통령을 지칭해 영감을 들먹였다.

"제 임무는 정확히 무엇입니까?"

윗사람들의 권력 투쟁이야 자신과는 거리가 먼 일이었다. 그래서 단도직입적으로 묻고 그 방을 빨리 나가고 싶어졌다.

"자네 임무는 군 수사기관보다 한발 먼저 다음 사항을 알아보는 걸세. 첫째, 정사용의 자살 동기. 둘째, 북쪽 정보기관과의 연관 여부. 셋째, 단기간 처분한 막대한 금액의 사용처나 행방."

임무를 정확히 전달받은 이상 그곳에 더 머물고 싶지 않았다. 우선 정사용의 주변을 알아본 후에 주어진 임무에 대해 국장과 구체적으로 의논하고 싶었다.

"잘 알겠습니다. 최선을 다하겠습니다. 시일은 얼마나 있습니까?"

"빠르면 빠를수록 좋지만 4주 이내에 부장님에게 1차 보고는 해야 하네. 그전에라도 수사 과정에서 어떤 형태로든 간첩 활동을 했다는 정보가 잡히면 즉시 내게 보고하게. 이 기간 동안 자네를 특별 프로젝트 연구실에 임시 발령을 낼 테니 그리 알고."

"잘 알겠습니다. 수사에 도움이 될 것 같으니 국장님께서 정사용의 자수 상황을 자세히 설명해주십시오."

"그렇게 하지. 내 기억도 희미하네만 내 이야기를 참고삼아 다른 기록도 뒤져보게나."

꽤나 긴 상황 설명을 듣고 난 다음 일어나는 김경철을 문까지 따라나온 김 국장이 그의 등을 자상하게 두드리며 말했다.

"그럼 건투를 비네. 부장님이 특별히 고마워할 걸세……. 아 참, 미국 생활은 어떤가? 가고 싶은 나라는 없나?"

일이 잘되면 김경철이 외국 생활을 계속할 수 있다는 말을 우회적으로 표현한 것이다.

김경철은 침묵을 지켰다.

"김 영사, 김 영사가 공채 1기지?"

"네."

"그때는 김 영사 같은 일류 대학 출신이 우리 부에 많았는데 요즘은 안 온단 말이야. 김 영사는 무슨 이유로 우리 부서에 지원했나?"

"글쎄요…… 그때는 지금과 달리 절대 빈곤으로부터의 탈출이 국가의 최대 당면 과제였습니다."

"그래서?"

"절대 빈곤으로부터의 탈출에 우리 부서가 핵심 역할을 할 것으로 믿었습니다. 일익을 담당하고 싶었지요."

"그랬군."

김 국장은 고개를 끄덕이며 말했다.

"그럼, 잘 부탁하네."

김경철은 국장이 내미는 손을 잡은 후 그와 헤어졌다.

김경철은 정보부 건물 정문을 나서며 매우 착잡한 심정이었다. 정사용이 어떤 이유든 자살할 사람이라고 믿어지지 않았기 때문이다. 자수 후 북한 정보기관의 끄나

풀 역할을 했을 가능성은 더더구나 받아들일 수 없었다. 일단 정사용의 부인을 만나야겠다는 생각에 택시를 타고 정사용의 집으로 향했다. 자수 후 정착에 성공하고 자식까지 두게 된 그의 느닷없는 죽음이 절대로 간단치 않으리라는 예감이 들었다.

정사용의 부인을 만나면 어떤 실마리가 풀릴지도 모른다는 가느다란 희망을 가졌다. 그리고 우선 정사용의 영전에 조의를 표해야 할 것 같았다.

그는 마지막으로 만났던 정사용의 모습을 머릿속에 차근차근 그려보았다. 그 당시 그의 태도에 어떤 조짐이 있었던가? 아무리 더듬어보아도 전혀 그런 가능성을 엿볼 수가 없었다.

달리는 택시 안에서 김경철은 본부를 나오기 전에 김성수 국장에게서 들은 정사용의 자수 과정을 되새겨보았다.


4.

"지금으로부터 9년 전, 당시 정확한 상황은 이러하네."

김성수 국장은 자수 과정을 들려주는 대목에서 입이

마르는지 자꾸 침을 돋워가며 입을 열었다.

"그러니까 늦은 가을 밤 10시 반경이었지. 지금의 부장님이 국내 정치 담당 차장으로 있을 때니까 내가 대공 담당 과장이었네. 부장님한테서 전화가 왔네. 당장 정희성의 집으로 달려가 그가 시키는 대로 협조하라는 거야. 정희성은 당시 여당 거물 정치인이었고, 부장님과는 각별한 사이라는 것도 알고 있었네. 내가 할 일은 자수한 간첩을 인수하고 부에 이관할 때까지 외부나 내부에 일절 발설하지 않는 것이었네. 담당 국장한테까지도 말일세. 체포가 아닌 자수임을 분명히 염두에 두고 일에 차질이 없도록 하라는 지시였어. 부장님의 인격을 믿었고 개인적으로도 진심으로 존경하고 있던 터라 더 이상 묻지 않고 명령대로 수행할 마음으로 혜화동 정희성의 집으로 갔지. 대문 바로 안쪽에서 기다리던 부인이 문을 열어주더군. 아마 내가 초인종을 누를까 봐 부인을 내보낸 것 같았어. 새파랗게 질린 부인이 안내한 곳은 서재인 듯한 작은 방이었네. 부인이 잠시 나갔다 오더군. 아마 정 의원에게 내가 왔다고 알려준 모양이야. 그리고 조금 후에 정 의원이 들어왔지. 눈은 충혈되었고 몹시 지친 표정이었네. 그는 내 손을 맞잡은 채 고생을 시켜서 미안하다고 말했고, 나는 정중하게 차장님으로부터 자수한 간첩을 인수하라는 명령을 받고 왔다는 사무적인 말을 했지. '자수'란 단어에 특히나 힘을 주어 자수가 되도록 명령받았다는 점을 넌지시 암시했다네……. 자네도 알다시피 때로는 자수와 체포는 종이 한 장 차이 아닌가. 그러나 당시 판례로는 체포라면 영락없이 사형이지만 자수하면 여러 가지 혜택도 주어지지 않았나. 어떤 상황이든 법의 눈에는 자수나 체포 둘 중의 하나지 그 중간은 있을 수 없으니까. 정희성은 은혜를 잊지 않겠다며 나에게 고마움을 표시했다네. 정사용이 반항을 해 체포로 간주되면 사형당하지 않을까 하는 걱정을 했기 때문인 것 같았네. 따로 묻지는 않았지만 간첩이 가까운 친척임을 직감했지."

김 국장은 조금 쉬었다가 말을 이어갔다.

"정희성이 내 손을 끌고 다른 방으로 데리고 갔네. 그 방에는 세 남자가 있었는데 모두 나를 보고 일어섰네. 모두가 몹시 취해서 눈동자가 다 풀린 상태였지. 셋 중 중간에 있는 자의 눈빛이 취했음에도 날카롭더군. 그가 당사자인 정사용이라는 자가 틀림없다고 직감했지. 뚫어지게 응시하는 그의 눈을 보고 혼자 온 걸 후회했네. 만만한 상대가 아니라는 생각이 들었지. 정희성이 내 소개를 하면서 정사용에게 나의 정확한 소속 기관과 직책을

밝혔네. 정사용은 나의 눈을 응시하며 악수하는 체 오른
손을 내밀더군. 나는 왼팔 겨드랑이에 찬 권총을 의식하
며 그의 손을 잡으면서 그의 눈동자를 따라갔지. 그의
시선이 내 눈에서 잠시 내 왼쪽 겨드랑이 쪽으로 옮기는
것을 놓치지 않고 잡았네. 권총을 찬 걸 알아챘겠지. 동
시에 나도 그의 허리춤을 훑어봤지. 와이셔츠만 입었는
데 무기가 있을 만한 곳을 알아두자는 거였어. 순간 엉
거주춤 앉는 자세를 취하던 그가 술상을 번쩍 들어올려
나를 향해 던졌네. 날아오는 술상을 왼손으로 막으며 오
른손으로 권총을 뺐지. 정사용이 몸을 돌려 옆에 있는
문의 손잡이를 돌리더군. 그 문으로 도망가려고 했던 거
지. 문이 잠겨 있는 걸 알고 그는 돌아섰어. 내가 그의
하체를 조준하고 발사하려는 찰나였지. 그는 다시 놀라
운 힘으로 문갑을 번쩍 들더군. 문갑을 앞세우고 나를
향해 돌진하려 했지. 옆으로 몸을 날려 그의 다리를 향
해 방아쇠를 당기려는 찰나 정희성이 우리 둘 사이로 나
서며 정사용에게 소리를 질렀다네. '너 이놈, 우리 집안
다 망하는 꼴을 봐야 속이 시원하겠나.' 그때 터져 나오
는 그의 단말마 같은 울부짖음에 나는 방아쇠 당기는 것
을 주춤했지. '그래도 사람 새끼라 내려오자마자 지 아
부지 묘소에 가서 실컷 울었다는 소리에 짐승 새끼는 안

되었구나 싶어 널 살리려고 이러는 기다.' 정희성이 다시 소리쳤네. 순간의 침묵이 흘렀지. 모든 것이 정지된 상태였어."

김 국장은 그 당시의 긴장감이 떠오르는지 잠시 숨을 돌렸다가 다시 말을 계속했다.

"그렇게 30초쯤 흐른 뒤 그자는 이윽고 방패로 들고 있던 문갑을 허물어지듯이 내려놓으며 바닥에 털썩 주저 앉더군. 그러고 나서 어린아이처럼 울음을 터뜨렸지. 처절하게 울부짖었어. '내 가족은 우짜란 말입니꺼? 내 가족은 우짜란 말입니꺼?'라고. 내 생전에 남자가 그렇게 온몸으로 오열하는 것은 처음 봤다네. 댐이 터지며 쏟아진 물줄기 같다고나 할까. 나는 그자의 울음에서 핏빛 같기도 하고 피비린내와도 같은 무엇인가를 느꼈지."

그다음부터 일어난 일은 김경철이 정사용을 심문하기 이전에 이 사건을 맡았던 다른 정보원으로부터 들어 이미 알고 있었다. 김경철은 이후의 과정을 머릿속에 다시 그려보았다.

정사용을 본부로 데리고 온 이후, 그때 대공 담당 과장이었던 국장은 도착하는 즉시 정사용의 소지품을 수사과에 넘겨주며 난수표를 찾으라고 지시를 내렸다. 수사실에서 급히 호출된 수사관은 정사용에게 침투 경로와 남파 목적을 캐물었다.

서너 시간이 지난 후 수사과에서 메모가 전해졌다. 메모에는 양복 깃에서 난수표가 발견되었다고 적혀 있었다. 곧 난수표를 원래 있던 곳에 넣고 원상태로 꿰매진 양복이 다른 소지품들과 함께 들어왔다. 난수표는 이미 다른 정보 거리와 함께 복사된 후였다.

침투 경로와 남파 목적에 대한 조사가 끝나고, 접선 방법을 놓고 집중적으로 취조가 시작되었다. 정사용은 지난밤 12시부터 대남 방송으로 지령을 수신하게 된 시간이 이미 지나 안도의 숨을 쉬는 듯했다. 다른 첩보원들의 피해가 없어야 북에 있는 가족이 안전할 것이라는 생각이 온통 그의 머릿속을 채우고 있었을 게다.

난수표를 내놓으라고 했을 때 정사용은 머릿속에 있지 난수표 같은 것은 없다고 완강히 부인했다. 기억하고 있는 것을 종이 위에 쓰라고 하자 아무렇게나 적어주었다. 수사원은 정사용이 난수표를 내놓지 않으면 자수로 간주할 수 없다고 협박을 했으나 정사용은 난수표를 숨긴 곳을 대지 않았다.

한편 대공 정보 분석실에서는 수사관들이 지난밤 녹화했던 대남 방송을 듣고 있었다. 정사용의 양복 깃에서 나온 난수표를 해독해 정사용에게로 가는 지령을 포착했다. 정사용이 포섭 대상과 접선이 되었으면 그날 새벽 6시에 인천 해안의 같은 상륙 지점에서 안내원을 만나 북한으로 귀환하라는 내용이었다. 곧 담당 과장에게 상황이 전해졌다.

인천 분실에 비상이 걸리고 방첩대 대원들과 함께 작전에 나섰다. 6시 10분 접선 장소에서 150미터 후방에 수명의 방첩대원들이 야간 저격용 적외선 장총을 조준하고 대기했다. 그 뒤로 헬기가 칠흑 같은 어둠 속에 몸을 숨기고 있었다.

시계가 정확히 6시를 가리키는 것과 거의 동시에 해안을 향해 다가오는 시커먼 부유물이 포착되었다. 공작선으로 단정되었다. 부유물이 해안에 다가오더니 곧 2명의 사내가 발을 내딛었다. 그 순간 확성기가 적막을 깨뜨렸다.

"당신들은 완전히 포위되었다. 손을 들고 나오시오."

말이 끝나기도 전에 두 그림자는 주머니에서 수류탄을 꺼냈다.

적외선 총의 사수가 그들의 어깨를 조준해 방아쇠를 당겼다. 수류탄 핀을 뽑기 전에 어깨를 관통해 수류탄을 떨어뜨릴 참이었다.

총 소리와 함께 그들은 수류탄을 떨어뜨렸다. 그들은 수류탄을 다시 잡으려고 몸을 숙였다. 다시 한 차례의

총 소리가 밤의 적막을 산산조각 냈다. 검은 물체들은 연거푸 앞으로 꼬꾸라졌고, 근처에 몸을 숨기고 있던 방첩대원이 들것을 들고 뛰어나갔다. 헬기의 엔진 소리가 나고 헤드라이트가 주위를 환하게 비춰주었다.

2명의 안내원이 들것에 실린 채 헬기에 옮겨졌다. 헬기는 재빠르게 하늘로 치솟았다. 그러나 병원으로 향하는 헬기가 인천 상공을 미처 빠져나가기도 전에 그들은 숨을 거두었다. 간첩 안내원을 생포해서 침투 경로와 안내원이 침투시킨 간첩의 정체를 알려고 애쓰던 대공수사국의 노력은 수포로 돌아간 셈이었다.

그런 상황이 벌어지고 있을 때 정사용은 수사관의 배려로 간이침대에서 곤한 잠에 빠져 있었다. 어쩔 수 없이 자수하기는 했으나, 그리고 양복 깃에서 난수표를 꺼내 수사관에게 주었으나 그때는 이미 지령을 보내는 대남 방송 시간이 지났으므로 다른 공작원이나 안내원에게 전혀 피해를 주지 않았다는 점이 조금이나마 위안이 되었던 것이다. 적어도 북의 가족을 심하게 학대하지는 않을 것이라고 생각했기 때문이었다.

여기까지가 김경철이 정사용을 심문하기 이전에 벌어진 일이었다.

5.

김경철을 실은 택시가 한남동 정사용의 집 부근에 이르렀다. 조잡한 영자 간판을 대하니 괜스레 속이 좋지 않았다. 김경철은 해밀턴호텔 앞에서 택시를 내려 길을 건넜다. 몇 년 전에 정사용과 만나 술을 마시고 취해 함께 갔던 기억을 더듬어 골목으로 들어섰다. 그의 기억속에 그때 예의 없이 행동한 정사용 아내의 모습이 스쳐 갔다.

한낮의 햇볕이 지저분한 골목을 드러내었다. 골목 양옆으로 늘어선 2층짜리 벽돌집들에는 짙은 화장과 화려한 옷차림의 여인네들이 들락거리고 있었다. 미군들과 동거하는 여인들인 듯싶었다. 그들의 짙은 화장에 배어있는 6·25전쟁의 질긴 흔적이 그의 신경을 자극했다.

경사가 완만한 언덕을 오르자 한 붉은 벽돌집이 한눈에 들어왔다. 벽돌담과 그 위에 쳐진 철망 때문에 마치 요새와 같은 형상이었다.

잘 가꿔진 널따란 정원 뒤쪽 쌓아 올린 축대 건너편으로 펼쳐진 한강을 향해 환한 미소를 지어 보였던 정사용의 모습이 어제 일처럼 생생하게 떠올랐다. 정사용이 그를 '정보부 거물'이라고 장난투로 소개하자, 그의 아내는 늦은 시간에 술에 취해 손님을 데려온 남편에게 노골적으로 불쾌한 표정을 지어 보였다.

정사용의 집 골목에는 상가를 알리는 무엇 하나 붙어
있지 않았다. '정사준'이라는 문패가 붙어 있는 대문이
조금 열려 있어 김경철은 안으로 들어갔다. 비싼 정원수
와 석물로 잘 가꿔진 넓은 정원에 친 천막 안에 사람들
이 북적거렸다. 그중에는 낯익은 몇몇 젊은 요원들도 보
였다. 그를 알아본 부원 중 상급자인 듯한 자가 다가와
인사를 했다.

"문상 왔나?"

김경철은 인사를 겸한 당연한 질문을 했다.

"아닙니다. 이미 여러 차례 왔었습니다."

"왜?"

김경철은 의아해하며 되물었다.

"김 국장님 지시로 현재 심문 중이거나 근래에 자수한
간첩들 전부를 교대로 데려오고 있습니다."

그의 말투에는 그런 임무를 맡긴 김 국장에 대한 불만
이 다분히 섞여 있었다.

"무슨 이유로?"

"그자들한테 자수 간첩이 불과 몇 년 만에 이렇게 잘
살게 된 모습을 보이려고 그러는 걸로 압니다."

김경철은 적은 기회나마 십분 활용하는 김 국장의 머

리회전에 놀라지 않을 수 없었다. 그러나 한편으로는 김 국장이 10년 이상 근무를 해도 박봉으로 허덕이면서 생활하는 부 요원들이 느낄지도 모르는 갈등을 헤아려봤는지 의문스러웠다.

김경철은 부원의 안내를 받아 빈소를 찾았다. 향을 피우고 영정을 향해 절을 두 번 했다. 영정에는 정사용의 잘생긴 얼굴이 있었다. 배우가 되었더라도 미남으로 명성을 날렸을 만한 얼굴이었다. 뚜렷한 이목구비에 날카로운 눈빛은 여전했다.

아버지를 닮아 잘생긴 정사용의 아들은 아버지가 돌아가신 슬픔보다는 사람들이 많아 좋은지 쾌활한 표정을 짓고 있었다. 어리둥절해하는 어린 상주에게 고개를 숙여 예의를 차리고 머리를 쓰다듬으며 훌륭한 아버지였다고 한마디 해주었다. 미망인과 맞절을 하면서 얼핏 본 눈의 쌍꺼풀 수술 자국이 유난히 눈에 띄었다. 무표정한 정사용의 아내에게 미국 임지에서 방금 도착해서 문상이 늦었다고 사과의 말을 했다.

김경철은 빈소를 나와 한강이 한눈에 보이는 창 옆 응접실 소파에 미망인과 마주 앉았다.

"정 선생님께서 돌아가시면서 고생은 안 하셨는지요?"

미망인의 표정을 살피면서 김경철이 슬며시 말을 꺼냈다.

"고생은 무슨 고생…… 자기가 죽고 싶어서 죽은 걸."

무표정한 얼굴의 미망인은 다소 앙칼진 목소리로 중얼거리듯 내뱉었다. 그녀는 남편의 죽음을 자살로 단정하는 것이 확실했다. 그녀의 표정에서 슬픔이나 야속한 빛을 전혀 찾아볼 수 없어 그도 얼마간 용감해졌다.

"죽고 싶어서 죽었다는 말은 무슨 뜻입니까?"

짐짓 몰랐던 일처럼 물었다.

"그 양반이 자살한 것 모릅니까? 위암 걸렸다고 거짓말을 해 내 속을 태우더니 자살을 했지 뭐예요."

"자살할 이유라도 있었습니까?"

"……."

그녀는 입술을 꼭 깨물고 아무 말도 하지 않았다.

"혹시 부부간에 무슨 문제라도 있었습니까?"

"전혀 없었어요."

미망인이 노골적으로 불쾌한 표정을 지었다.

"그럼 다른 이유라도?"

"……."

대답을 않는 것이 더 묻지 말고 그만 가보라는 의미로 여겨질 정도로 미망인은 벽만 보고 있었다.

"자살했다는 확실한 증거는 없지 않습니까?"

김경철이 그녀를 탓하듯 말했다. 그런 그를 보는 미망인의 시선에 저항의 빛이 뚜렷했다.

"군 수사기관에 있는 제 친척이 알려주더군요."

"군 수사기관에서 자살이라고 단정하는 이유가 뭐라고 하던가요?"

"그건 모르겠어요. 물어봐도 알려주지 않았어요."

"그럼 돌아가시기 전에 처분한 재산의 행방도 군 수사기관에서 알고 있습니까?"

"모른대요. 지금 수사 중이래요. ……글쎄, 그 양반이 미쳤지. 그 많은 돈을 어디다 숨겨두었는지……."

그녀는 김경철이 채 말도 끝내기 전에 불쾌한 말투로 쏟아놓기 시작했다.

"어디 짚이는 데라도?"

"어느 기집년한테 갔다줬든지……. 자식이 있으면서 글쎄…… 미쳐도 단단히 미쳤지……."

김경철은 이제는 이야기가 끝나기도 전에 쫓겨날 가능성은 없다고 판단했다.

"부인께서도 알다시피 그 많은 돈을 여자한테 줄 사람이 아니잖습니까? 아주 가정적인 분이었지요."

그의 말에 그녀는 '흥!' 소리까지 내며 어처구니없다는 표정으로 밖을 보았다. 잠시 생각하는 듯하더니 놀라운 말이 그녀의 입에서 튀어나왔다.

"그년 딸한테 미쳐서 무슨 짓인들 못했을라고."

"딸이라니요?"

김경철의 질문에 미망인은 더 이상 얘기하고 싶지 않다는 듯 한강에 시선을 보냈다. 그러고는 자리에서 벌떡 일어났다.

김경철은 '그년'은 누구며 '그년 딸'은 누구인지 당장 더 추궁하고 싶었으나 가능하면 다른 곳에서 그에 대해 정보를 수집한 후에 그 발설자로부터 정확한 답을 이끌어내기로 했다. 김경철은 미망인에게 발인이 끝난 후 다시 연락하겠다고 여운을 남겼다. 일어서면서 지나가는 말처럼 남편과 가장 가깝게 지낸 사람이 누구였냐고 물었다. 미망인은 남편이 사촌동생인 정사성과 친했다면서 그가 마침 이곳에 와서 일을 거들고 있다고 했다. 그리고 응접실 창밖으로 천막 안에서 손님들과 섞여 있는 한 사내를 가리켰다.

김경철은 미망인과 작별 인사를 나누고 천막으로 가 정사성에게 잠깐 이야기 좀 하자고 청했다. 밤을 새웠는지 정사성은 꽤 피로해 보였다. 자신을 정사용과 잘 아는 사이라고 먼저 소개했지만 정사성은 그다지 믿지 않

는 눈치였다. 유엔 대표부 영사라고 찍힌 명함을 건네
주자 김경철의 본래 신분을 전혀 눈치채지 못하고 직업
외교관으로 믿어주었다. 그러나 경계하는 눈치를 풀지
는 않았다. 김경철 자신이 정사용을 심문했던 정보부 소
속 심문관이었다고 솔직히 말하자 그때서야 형한테 들었
다며 반가운 표정을 지었다. 저녁 때 만나자는 김경철의
제의를 정사성은 냉큼 받아들였다.

정사성과의 약속 장소인 상가 근처의 일식집에 도착하
니 그는 이미 와 기다리고 있었다. 생선회를 안주로 하
여 정종을 마시며 처음에는 정사용의 인간미와 호탕한
성격을 이야깃거리로 삼았다. 그러다가 미망인에 대해
슬쩍 물어보았다. 예상했던 대로 그는 미망인을 신랄하
게 비판했다. 내용은 대강 이러했다.
지난 수년 동안 카바레를 출입하며 젊은 남자들과 어
울리고, 미군들과 동거하는 동네 여자들과 밤낮없이 노
름을 했다. 정사용과 결혼 전에는 미군들과 동거하는 여
자들을 상대로 미제 물건을 사서 시장에 파는 일을 했
고, 결혼 후 2년 동안을 한옥 별채에서 살며 안채를 미
군 부부에게 임대해줄 정도로 돈에 철저했다. 경제 형편
이 나아져 정사용이 다른 곳으로 이사하려고 해도 아내

의 고집을 꺾지 못해 할 수 없이 그곳에 새 집을 지어 지금껏 살아왔다는 것이다.

정사성의 애기를 들으며, 김경철은 문득 미망인이 그를 자살케 만든 원인이었을지도 모른다고 생각했다. 그래서 정사용이 왜 이혼을 하지 않았느냐고 물었다. 정사성은 깜짝 놀라며 어른들이 많은 완고한 경상도 집안에서 이혼은 상상도 못할 일이라고 했다. 그리고 부인이 아무리 하찮게 보였을지라도 정사용의 됨됨이로 보아 그런 일은 생각조차 해보지 않았을 것이라고 덧붙였다.

그런 이야기들을 나누는 사이 꽤나 술을 마셨다. 분위기가 자연스러워지자 김경철은 정말 알고 싶었던 부분을 슬그머니 끄집어냈다.

"정사용 씨 생전에 여자 교제가 활발했지요?"

처음에는 잠깐 의아한 눈빛을 보내던 그가 다시 환한 웃음을 지으며 말했다.

"형은 여자들하고 노닥거리는 거나 좋아하지, 심각한 교제는 그 성질에 안 맞았지예."

그의 첫 번째 물음에 대한 답은 예상을 빗나갔다. 두 번째 질문을 자연스럽게 던졌다.

"딸을 몹시 사랑했던 것 같던데요?"

김경철은 안주를 집는 척하며 그의 시선을 피했다. 자

신이 던진 낚싯바늘에 정사성이 걸려들기만을 바랐다.

"딸 얘기는 우찌 압니꺼?"

흠칫 놀라는 정사성의 반응을 김경철은 놓치지 않았다.

"정보부 직원한테 지나가는 얘기로 들었습니다."

여전히 그의 시선을 피하며 대수롭지 않은 이야기처럼
했다.

"정보부에서 다 알고 있었구먼요."

정사성이 감탄하며 말했다.

이 대목에서 김경철은 섣부른 말을 말아야 한다는 것
을 알고 있었다. 그래야만 정사성은 침묵이 불편해서라
도 이야기를 잇게 된다. 아닌 게 아니라 마침내 정사성
이 다시 입을 열었다.

"형의 딸이 상당히 예쁘답니데이."

"금년에 몇 살 되지요?"

김경철이 자연스럽게 물었다.

"열아홉 살인가 아마 그럴 낍니더."

김경철은 순간 문제의 심각성을 다시 한 번 인식했다.
열아홉 살이라면 정사용이 평소 꿈에도 그리던 북에 있
는 딸이 아닌가? 김경철은 마음을 진정시키며 다시 질문
을 던졌다.

"지금 무얼 하고 있대요?"

이젠 정사성이 말을 계속하게 하려면 대화가 끊어지지 않아야 하므로 흐름이 어긋나지 않을 정도로 연이어 물어야만 한다.

"유명한 배우라카데예."

김경철은 속으로는 매우 놀랐지만 그런 기색을 조금도 드러내지 않으며 다시 물었다.

"평양에서 활동하지요?"

"네."

정사성은 술이 취했던지 별 의심 없이 대답했다.

김경철은 일단은 이 정보만 가지고 본부 자료실의 도움을 얻기로 마음먹었다. 그의 경계심을 불러일으키지 않아야 앞으로 던질 중요한 질문에 대한 답을 기대할 수 있기 때문이었다.

"미망인께서 딸이 있다는 걸 어떻게 아셨지요?"

"형이 2년 전 일본 영화 잡지에서 오린 딸의 사진을 항상 지갑에 넣고 다니다 그만 들킨 기라예. 추궁하니까 사실대로 털어놓은갑데예. 그때부터 결혼 전 북한에 형의 가족이 있다는 사실을 알았었는데도 큰 약점이라도 잡았다는 듯이 강짜를 부려 형이 애를 먹었지예."

"일본 영화잡지에?"

"네, 체코 카를로비바리 국제영화제에서 특별상을 수

상한 북한 영화에 주인공으로 나온 딸의 사진이 『에이가 노토모』라는 일본 영화 잡지에 실렸다 카데예."

둘 사이에 잠시 침묵이 흘렀다.

"재산을 처분해서 어떻게 했을까요?"

김경철이 지나가는 말처럼 물었다.

"그건 내도 전혀 모르지예."

"어떤 암시도 없었습니까?"

"전혀……."

"딸과 관계가 없을까요?"

"감이 잡히는 데가 전혀 없는데예."

"딸과 만났다는 얘기는 없었나요?"

"없었심더."

더 이상 그로부터 정보를 얻을 수 있을 것 같지도 않았다. 정도 이상의 호기심을 보여 그의 의심을 살 필요가 없기에 고인 얘기는 그쯤에서 중단했다.

다른 대화로 시간을 끌다가 헤어질 때쯤에는 술 덕택인지 마치 십년지기처럼 서로 아쉬워하며 다시 만나기로 약속했다.

김경철은 여의도로 가는 강변도로에 들어섰다. 강심 깊숙이 불기둥들이 줄을 이어 흐르고 있었다. 그 어디쯤에서 정사용을 처음 만난 1970년의 그날이 되살아났다.

6.

1970년 늦가을, 육군 정보부대(MIG) 소속 상병인 정보요원 김경철은 간첩이나 귀순병을 미국 정보부대와 공동 심문하는 임무로 대빙동 소재의 928미군 정보내에 파견되어 사복 차림으로 근무하고 있었다. 그곳에서 반년쯤 지나고부터는 처음 미군 정보원과 일하면서 느꼈던 자부심, 간첩이나 귀순병에게서 듣는 북한 생활에 대한 호기심, 다른 사람들이 경험하기 힘든 독특한 체험을 한다는 우월감 비슷한 감정이 점차 무뎌지고 있었다.

그날 오후도 여느 때와 마찬가지로 이미 흥미를 잃은 일에 의무감 하나만으로 근무 시간을 채우던 참이었다. 그날 오후는 특히나 우울했다. 왜냐하면 그날 20대 초반 귀순병의 심문을 배정받았기 때문이었다. 앞으로 짧으면 1개월, 길면 5개월 동안 답답한 심문실에서 귀순병과 씨름할 생각을 하니 부아부터 치밀었다.

김경철은 귀순병과 마주 앉았다. 작달막한 키에 뚱뚱하기까지 해 미련스럽게 보이는 자였다. 김경철의 옆에는 한국말을 유창하게 구사하는 40대 초반의 바싹 마르고 신경질적인 미군 심문관이 타자기 앞에 앉아 있었다.

미군 심문관이 타자기에 종이를 끼우는 사이 그는 심문실의 퀸셋 창문 밖으로 시선을 주었다. 높이 솟은 조망대가 보였다. 조망대 위에는 미군 헌병이 기관총을 걸쳐놓고 아래쪽을 살피고 있었다. 간첩이나 귀순병들이 짧게는 1개월, 길게는 5개월 동안 머무는 숙소가 있는 곳이었다. 조망대에 서 있는 미군 헌병의 긴장된 모습이 몹시 우스꽝스럽게 보였다. 마치 미국 영화에서처럼 17 포로 수용소를 감시하는 듯한 모양이었다. 부대가 이곳으로 옮겨와 간첩이나 귀순병을 심문하고부터 5년이 지나는 동안 한 번도 탈출을 시도한 사건이 없었는데도 감시병의 긴장은 여전했다.

그가 창밖에서 방 안으로 시선을 돌렸을 때 미군 심문관은 타자를 칠 준비를 마쳤다. 탁자 위에는 담뱃갑 3개가 놓여 있었다. 귀순병에게 매일 지급되는 양담배 한 갑과 미군 심문관의 양담뱃갑, 그리고 김경철의 청자 담배였다.

심문은 으레 귀순 동기부터 시작하여 월남 경위, 그리고 그가 줄 수 있다고 가정되는 군사, 경제, 사회 분야의 첩보 수집으로 이어지게 마련이었다.

"귀순한 동기가 뭡니까?"

김경철은 답을 못하고 어물거리는 귀순병에게 말을 바꿔 다시 물었다.

"왜 남한으로 왔소?"

귀순병은 그제서야 말뜻을 알아듣고 순진하다 못해 바보스럽게 웃어가며 대답했다.

"댓새벽부텀 기상, 기상 하디요. 한밤중까지 잠두 못 자게스리 학습이다 뭐이다 해서 못살게 굴디요. 도저히 살 수가 없었시요."

김경철은 귀순병이 북한 군인으로 그만큼 살이 찐 이유를 알 것 같았다. 그렇지만 그가 진술한 귀순 동기를 그대로 보고서에 써넣을 수는 없었다. 여러 가지 방법으로 쓸 만한 동기를 유도해보았으나 별 효과가 없었다. '맨날 배가 고파 혼났시요'라는 그의 진술이 그래도 어떻게 살을 붙이면 월남 동기가 될 성싶어 김경철이 머리를 짜내는 판에 한국말을 잘 아는 미군 심문관은 벌써부터 타자기를 두들기고 있었다. 무엇을 치는지 궁금해 타자 용지를 건너다 보았다.

The subject has suffered from harshness of treatment and lack of freedom and has been yearning for freedom to the extent that he decided to risk his own life to pursue a humanly way of life.......

역시 미국 프로페셔널과 한국 프로페셔널의 차이는 격

세지감이 있다고 탄복하며 김경철은 귀순병에게 묻는 것을 중단하고 심문조서를 쓰기 시작했다.

　귀순 동기: 본인은 속박의 굴레에서 갖은 고초를 당하며 자유를 그리워하던 중 마침내 목숨을 걸기로 마음을 먹었다…….

　이렇듯 어딘가 모자라 보이는 귀순병과 하루 종일 힘겨운 씨름을 했다. 몇 번이나 쥐어박고 싶은 충동을 참는 것도 여간 고통스럽지 않았다. 게다가 그놈의 청자 담배까지도 불이 꺼져버려서 화가 치밀었다. 그 모습을 보고 있던 귀순병이 죄지은 듯 양담배를 밀어놓았다. 김경철은 그가 밀어놓은 양담배를 한 개비 꺼내 피우는 짓을 하고야 말았다.

　놀라운 점은 아무리 화를 내고 모욕적인 말을 해도 언제나 웃음이 묻어 있던 귀순병의 태도였다. 그런 그가 어떻게 월남을 작정했을까 궁금하기도 하고 한편으로는 아주 잘했다는 생각이 들기도 했다.

　오후가 되면서부터 짜증스럽고 피로가 더해져 더 이상 계속하기 힘들어 시계를 보니 5시였다. 심문실을 나오는 그에게 친절하게도 '선상님, 내일 또 봅시다래' 하며 웃는 귀순병에게 연민의 정마저 느꼈다.

퀀셋 건물을 막 나오던 중 김경철은 그 앞에서 벌어지는 이상한 광경을 보았다. 육군 헌병 소속 젊은 소위가 어떤 남자의 머리에 권총을 들이대고 미친 듯이 고함을 치고 있었다. 간첩을 호송해온 책임자인 듯했다.

"너 이 새끼, 빨리 내놔. 난수표 어디 있는지 빨리 대란 말이야. 안 대면 당장 죽일 테다."

길길이 뛰는 모양이 금세 방아쇠를 당기고도 남을 정도였다.

"없으면 빨리 외워, 이 새끼야."

육군 소위는 대단히 흥분해 있었다. 반면 그 간첩은 머리에 곧 발사될지도 모르는 총구가 닿아 있는데도 어이없다는 표정을 짓고 있었다.

"아이구, 이 사람 왜 이럽니까? 다른 데 찾아보시오. 내가 그걸 어찌 욀 수 있단 말입니까?"

간첩이 조금도 겁에 질리지 않는 태연한 표정으로 맞받아 소리쳤다.

"너 이 새끼, 너 죽고 나 죽는 거야. 빨리 외워봐."

이제는 정말 간첩의 머리에 들이댄 권총에서 총알이 튀어나올 것 같았다.

"뭐 이런 사람이 다 있습니까? 당신 죽는 거야 엿장수

맘대로지만 왜 나까지 죽이려고 합니까. 빨리 딴 데 찾아보시오."

간첩의 말에는 다분히 훈계조와 '찾아보시오'라는 명령조의 어투가 섞여 있었다. 불상사가 일어날지도 모른다는 위급한 상황을 감지한 김경철과 몇 명의 심문관이 안에서 달려나와 젊은 소위를 뜯어말렸다.

소위는 다소 진정되었는지 땀을 닦으려고 쓰고 있던 파이버를 벗어 뒤집었다. 그러자 그 속에서 조그맣게 잘 접힌 종이가 나왔다. 바로 문제의 난수표였다. 부대에 부임해 첫 번째 임무를 수행하던 중 흥분한 나머지 잘 간수한다고 한 것이 그만 깜빡 잊고 난수표를 잃어버린 걸로 알고 간첩에게 암호문을 외우라고 그 소동을 피운 것이었다.

계면쩍어하는 소위를 심문관 여럿이 야단을 쳐서 돌려보냈다. 그리고 간첩에게 소위를 대신해서 사과하려고 하자 그는 아무렇지도 않게 어이없다는 듯이 말했다.

"저 사람, 참 한심하네. 저런 친구가 어찌 장교가 됐지요? 공연히 생사람 잡을 뻔 안 했습니까?"

그의 태도가 너무나 우스워 김경철은 그의 어깨를 치며 크게 웃었다. 김경철이 웃는 모습을 보고 그도 따라 웃었다. 둘이서 미친 듯이 웃어대자 처음부터 이 광경을 지켜보던 미군들이 어리둥절한 표정들을 지었다.

웃음을 완전히 떨치지 못한 채 파견대 사무실로 막 들어서는 김경철에게 다른 직원이 본부 김성수 과장의 전화라며 수화기를 건네주었다.

"지금 그곳에 정사용이라는 자수 간첩이 도착했나?"

김 과장은 빠른 목소리로 물어왔다.

"방금 한 사람이 도착했는데 그 사람이 정사용인지는……."

김경철 옆에 있던 관리 소속 직원이 입술 모양과 손짓으로 바로 그 사람이 정사용이라고 알려주었다.

"……예, 정사용이란 자 이곳에 인계됐습니다."

"좋아, 그럼 자네가 그자를 심문하게."

"지금 맡고 있는 귀순병은 어떻게 하지요?"

"그 귀순병은 다른 심문관에게 넘기겠네. 알겠나?"

"예, 알겠습니다."

막힌 숨통이 트이는 기분이었다. 그를 괴롭혔던 굴레에서 벗어난 셈이었다. 적어도 모자란 귀순병과 긴 겨울을 허비하지 않아도 되었다.

# 끈질긴 추적

1.

 김경철은 다음날 본부로 들어가서, 2년 전 체코 카를로비바리 국제영화제에 출품되었던 북한 영화의 여자주인공과 인민배우 후보였던 정사용의 부인 최영실에 대한 정보를 수집하도록 요청했다. 그가 받아본 내용은 이러했다.

 정지숙, 19세, 배우. 평양 출신으로 러시아 남성과 북한 여성의 부부에게로 입양되었으며, 17세 때 체코 카를로비바리 국제영화제에서 특별상을 수상한 〈꽃 파는 처녀〉란 영화에 주인공으로 출연한 후부터 북한에서 최고의 배우로 각광을 받고 있음. 양부인 러시아인 블라디미르 고리키(Vladimir Gor'kii)는 북한 주재 소련 대사관 근무 경력이 있는 외교관으로 현재는 파리 주재 소련 대사관 영사로 근무 중. 양모인 리정선은 평양 출신으로 배우임. 첨부한 사진은 일본 영화 잡지 『에이가노토모』에 게재된 정지숙의 사진임.

최영실, 41세, 배우. 서울 출신 영화감독 최치형과 배우 이진설의 무남독녀로 평양 거주. 1960년 정사용과 결혼. 1970년 정사용이 남파되어 귀순한 이후로 최영실의 영화, 연극 출연은 일체 중단되었으며 그녀의 생사 여부도 확인된 바 없음. 첨부된 사진은 최영실이 출연한 연극 〈붉은 기를 휘날리며〉의 한 장면임.

정지숙이 최영실의 딸이라는 정보를 정사용에게 확인한 결과 부정적이었음.

김경철은 직감적으로 정지숙이 정사용의 딸이라고 확신했다. 그는 보고서에 첨부된 최영실의 사진과 정지숙의 사진을 비교해보았다. 둘이 모녀간이라는 것은 의심할 여지가 없었다. 정보부원의 확인 요청에 혹시 딸에게 어떤 해가 미칠까 두려워 그 사실을 부정했을 정사용의 행동이 어렵지 않게 추리되었다. 그런 정사용의 판단에 김경철은 감탄했다. 정사용이 순간적인 기쁨으로 정지숙이 자신의 딸임을 인정했다면 어떤 기회라도 이용하려는 남한의 정보기관들이 그것을 미끼로 분명 정지숙에게 접근했을 것은 뻔하고, 그렇게 되면 장래 유망한 정지숙이라는 배우를 곤경에 빠뜨렸을지도 모르는 일이었다.

한편 김경철은 정지숙의 양모이자 러시아인과 결혼한 리정선이라는 여자의 존재가 자신의 머리 한구석에서 꿈틀거리는 것을 어찌할 수 없었다. 북한 정보기관이 정지숙을 인질로 삼기 위해 리정선에게 그녀를 입양시켰을 가능성이 있었다. 그런 후 북한의 정보기관이 리정선을 통해서 딸을 인질로 잡아, 그들의 눈에 용서 못할 배신자인 정사용에게 자살을 강요했을 수도 있다고 김경철은 나름대로의 각본을 짜보았다.

혹은 리정선이 원래부터 북한의 고급 정보요원이었을 가능성도 고려해봐야 한다. 리정선은 러시아 외교관인 남편 신분을 미끼로 서방세계를 자유롭게 드나들며 북한의 첩보망을 관장하고 있을 수도 있다. 김경철은 뭔가 정확한 단서를 집어낼 수는 없으나 이 사건이 북한의 엄청난 국제 첩보망을 파헤칠 수 있는 기회가 될지도 모른다는 생각에 매우 흥분했다.

김경철은 제5국장의 협조를 얻어 미 대사관의 CIA 파견 참사관과 만났다. 미국 CIA는 북한의 당 간부들과 정보요원들에 대한 정확하고 방대한 자료를 갖고 있었으므로 그들의 도움을 얻을 심산이었다. 얼마 진 미국에 온 친구로부터 6 · 25 때 대학교수로 납치된 숙부의 생사 여부에 관해 알고 싶다는 부탁을 받고 김경철은 거의 기대하지 않고 미국 CIA에 부탁한 적이 있었다. 그런데 12시간도 채 안 되어 납치된 대학교수가 북한에서 하는 일과, 남한은 물론 북한의 가족 상황까지도 정확히 기록된 보고서가 도착했던 것이다.

김경철이 만난 50대 초반의 CIA 참사관은 화려한 경력답게 노련미를 보이는 장신의 신사였다. 그는 반년 전에 한국으로 부임하기 전 CIA의 서열 5위까지 올랐던 사람으로 그의 한국 부임 자체가 동남아시아 국가의 정보계를 떠들썩하게 한 적이 있었다.

정사용은 그에게 리정선의 배경을 간단히 설명하고 미 CIA의 자료실에 조회하도록 부탁했다. 귀순한 간첩의 진술 내용에 그녀의 이름이 있어서 북한 정보요원인지 여부를 알려는 게 신원 조회의 이유라고 둘러댔다. 한국의 정보 책임자와 군 수사기관장 간의 개인적인 알력을 사실대로 설명할 수는 없었다. CIA 참사관은 의외로 쾌히 협조할 뜻을 보였다. 슬쩍슬쩍 지나치는 대화로 보아 그도 김경철로부터 반정부 시위로 떠들썩한 국내 사정에 대해 정보를 얻으려는 속셈인 것 같았다.

다음날 아침 김경철은 CIA 참사관으로부터 급히 만나자는 연락을 받았다. 보나마나 그가 요청한 정보의 반대급부로 국내 정치 상황에 대한 정보를 얻으려고 할 것 같아 그의 질문을 빠져나가기 위한 방법을 강구해두었다.

그러나 그를 만나본 결과 예상 밖의 일이 일어났다. CIA 참사관은 리정선에 대한 정보를 주는 대신 리정선의 이름을 댄 자수 간첩의 이름을 물었고 한술 더 떠 그 간첩을 직접 만나보겠다는 것이었다. 자수 간첩이 이미 죽었다고 하자 그는 믿으려 하지 않고 더욱더 집요하게 캐물었다. 그의 질문에 납득할 만한 대답을 않고서는 정보를 얻지 못하리라는 판단을 내린 김경철은 그와 다시 만나기로 하고 헤어졌다.

김경철이 호텔방으로 돌아왔을 때 급히 연락을 달라는 김성수 국장의 메모가 있었다. 통화가 연결되자 김 국장은 대뜸 리정선이 어떤 여자냐고 물어왔다. 미 CIA에서 리정선의 신원 조회를 한 이유를 물어왔다고 했다. 김경철이 사실대로 설명하자 국장은 곤란한 상황을 잘 처리하라며 전화를 끊었다.

전화를 끊은 후 김경철은 곰곰이 생각해보았다. 리정선이 미 CIA 자료에서 누락되었거나 단순히 소련 외교관의 부인으로 판명되었다면 통보를 기피할 다른 이유가 없다. 만일 리정선이 김경철의 추리대로 북한의 첩자라 하더라도 알려주었을 것이다.

그들이 리정선의 신원을 극비로 하는 경우는 둘 중의 하나에 해당할 것이다. 즉, 리정선이나 리정선의 러시아인 남편이 미국 측의 첩자든지 미국과 소련 측의 이중첩자일 경우다.

김경철은 김 국장과 다시 통화를 했다. 그는 리정선에 관한 자신의 생각을 말하고 나서 어떻게든 미 CIA가 리정선에게 보인 지나친 관심에 대한 진정한 이유를 알아달라고 부탁했다.

김경철은 생각도 정리하고 밤바람도 쐬일 겸 호텔을 나왔다. 그는 골목 안의 조그마한 스탠드바에 들어가 자리를 잡았다. 아직 이른 시간이라 바에는 아무도 없었다. 매력적인 20대 중반의 여자가 환한 미소를 지으며 그에게 다가와 주문을 받았다.

그는 마티니 두 잔을 연거푸 들이켜고 담배에 불을 붙이면서 세 잔째의 마티니를 시켰다. 매우 진하게 해달라는 주문에 베르무트를 거의 섞지 않고 가져왔다. 올리브를 달라고 하자 대신 레몬을 갖다주었다. 그녀가 스탠드를 사이에 두고 마주 섰다. 미소를 띤 상냥한 얼굴이었다.

"이곳은 처음이세요?"

그녀가 말을 걸어왔다.

"그래요…… 아직 시간이 일러서 손님이 없는 모양이에요?"

"요즘 그렇게 손님이 많지 않아요."

"일하기는 재미있나요?"

"그저 그렇지요, 뭐."

"한잔하지요. 뭘로 할 거지요?"

"제가 할게요."

그녀는 콜라색을 띤 술을 자기 앞에 가져왔다. 김경철은 진짜 술은 아닐 거라고 생각했다. 그녀는 술잔을 반쯤 비웠다.

"무슨 술이지요?"

"버번과 코크예요."

"미국식 칵테일을 좋아하나 봐요?"

"버번이 스카치보다 싸니까요."

"한번 마셔봐도 돼요? 워낙 오래전에 마셔본 술이라……."

김경철은 그녀가 건네준 술을 조금 마셨다. 예상과는

달리 대부분이 버번이고 콜라는 색깔만 냈다.

"이렇게 독하게 마시면 나중에 어떡하지요?"

"술이 좀 취해야 손님 상대하기가 쉬워요."

"말상대하기가 힘든기?"

"술 취하지 않으면요."

그녀는 김경철을 바라보며 물었다

"왜 혼자 오셨어요?"

"혼자 여행 중이에요."

"외롭지 않으세요?"

"외로우니까 여기에 왔지요."

"술 마시면 외롭지 않나요?"

"외로운 걸 잠깐 잊어버리는 거겠지요."

"어느 호텔에 묵으세요?"

"이 옆 호텔에."

"그곳 나이트클럽에 자주 가요."

둘 사이에 잠시 침묵이 흘렀다.

"오늘 일 끝나고 거기 나이트클럽에 갈까요?"

그녀가 미소 지으며 말했다.

"왜, 파트너가 필요한가요?"

김경철이 그녀의 갑작스런 제안에 놀라 물었다.

"저도 외로우니까요."

"왜 하필이면 나지요?"

"여행 중이라 부인이 이곳에 없을 테고, 나이가 드셨으니 하룻밤 지새고도 저에게 미련을 갖지 않을 분 같아서요."

김경철은 그녀의 얼굴을 자세히 뜯어보았다. 그러고 보니 매우 매력적인 데가 있었다. 이런 여자가 하룻밤을 같이 있고 싶을 정도로 자신에게서 충동을 느낀다면 아직은 사랑을 할 수 있을 것 같아 김경철은 기분이 좋았다. 서울에 있는 동안 이런 여자와 사랑을 나눠보고 싶었다. 침대에서 벌이는 정열적인 사랑이 아니라도 둘의 외로움을 달랠 수만 있으면 괜찮을 것 같았다.

사실 그는 너무나 오랫동안 사랑과는 담을 쌓고 지냈다. 누군가 짧은 기간이나마 그를 사랑한다면 자신도 온 마음을 바쳐 사랑을 할 수 있을 것 같았다. 더 나이가 들기 전에 사랑의 불씨를 찾아 활활 타는 자신의 열정을 증명하고 싶었다. 김경철은 자신을 단지 타고 남은 잿더미 정도로 생각하는 아내에게 그것을 보이고 싶었다.

젊은 청년 두 사람이 떠들썩하게 들어와 스탠드의 다른 편에 자리를 잡았다. 그들은 비싼 스카치를 병째 주문하고 비싼 안주를 연거푸 시켰다. 그들에게로 자리를 옮긴 그녀의 웃음소리가 몹시 애교스러웠다. 김경철은 그녀가 다시 자기 앞에 와주기만을 기다렸다. 그러나 그녀는 비싼 술을 마시는 청년들과 계속 대작을 하며 그가 있는 쪽으론 눈길도 보내지 않았다.

참다못해 계산서를 가져오라고 했을 때에야 그녀는 청년들의 자리에서 일어났다. 계산을 치르고 남겨온 거스름돈을 챙기라는 김경철의 손짓에 그녀는 웃음이 싹 가신 싸늘한 표정으로 거스름돈을 내려다보고 있었다. 김경철이 주머니에서 돈을 더 꺼내주자 그녀는 처음 보여준 환한 웃음으로 돌아왔다. 하얀 이가 가지런히 정돈된 아름다운 입이었다.

호텔로 가는 골목길에서 허탈한 웃음이 새어나왔다. 잠시나마 그녀가 자기를 사랑할 수 있으리라 믿었던 어리석음과 아직도 청순한 사랑을 찾는 중년의 나이가 갑자기 거추장스러워졌다. 그러나 그러한 환상들을 하나씩 떨쳐내며 나이를 먹어간다면 결국 인생은 앙상한 고목과 다를 바가 없지 않은가.

그가 호텔로 들어오자 전화를 해달라는 미국에 있는 아내의 메모가 기다리고 있었다. 전화를 하니 계속 벨소리만 들렸다. 시계를 보니 지금 미국은 아침이라 아내는 전화를 기다리지 못하고 외출했을 것이다. 그런 걸 보면 별로 급한 일은 아닌 성싶었다. 다음날 아침이면 미국은 저녁이니 그때 다시 전화를 하기로 하고 그는 잠을 청했다.

김경철은 다음날 아침 조금 늦은 시간에 눈을 떴다. 시간을 확인하고는 바로 전화 다이얼을 돌렸다. 여전히 벨 소리만 들리고 아무도 전화를 받지 않았다. 지금 그곳은 저녁 8시경이다. 문득 불안한 생각이 들었다. 쓸데없는 걱정이라고 고개를 저으며 그 시간에 아내가 집에 없을 여러 가지 경우를 생각해보았다.

그가 다시 전화를 건 시각은 미국 시간으로 밤 10시경이었다. 역시 벨 소리만 울리고 아무도 받지 않았다. 전화를 끊은 그는 곧 자신의 성급함을 후회했다. 몇 번만 더 벨이 울리게 두었으면 아내가 전화를 받았을지도 모른다는 생각이 들었다. 어쩌면 아내는 목욕을 하고 있을지도 모른다. 그는 다시 전화를 걸어 벨 소리를 마음속으로 헤아렸다. 벨이 열다섯 번을 울리도록 수화기를 들고 있었다. 그러나 마찬가지였다. 초조한 감정이 그를 휩쌌다. 공연히 밤늦게 전화를 걸었다는 생각이 들었다.

그는 자신도 모르게 아내 편에 서서 아내의 외출을 정당화시키려는 자신을 발견했다. 그런 자신이 한심하게 여겨졌다. 그가 다시 전화를 걸었을 때는 자정이 넘었다. 이번에는 혹시 미국과의 시차를 잘못 계산하지 않았

나 하는 생각과 전화번호를 잘못 돌렸기를 바라는 심정
이었다. 그러나 시차는 정확했고 전화번호도 틀리지 않
았다. 그는 한숨을 내쉬며 침대에 몸을 던졌다.

　오늘은 아무 일도 할 수 없을 것만 같았다. 아니, 할
필요도 없었다. 자신이 비참해지고 왜소해짐을 느꼈다.
마흔이 된 지금, 그는 아내의 외출로 괴로워하고 있다.
누군가 지금 자신의 마음을 들여다보지 않는 게 다행한
일이다. 그는 모든 것이 자신이 못나서가 아니라 아내의
유별난 성격 때문이라고 고개를 내저었다.

　그 순간 5년 전 어느 날 미국 여행 중에 잠깐 만난 동
창생 친구에게 보낸 아내의 눈길이 또렷이 떠올랐다. 그
것은 그와 처음 연애할 때 그에게 보낸 바로 그 눈빛이
었다. 아내의 행동은 너무 지나쳤다. 자기에게만 보냈으
리라 믿었던 눈길을 아무에게나 첫눈에 반해 쉽게 드러
내는 점이 그를 괴롭혔다.

　그런대로 매력적이던 젊은 시절에 조금 남은 바람기
탓이라고 이해할 수도 있었다. 그렇지만 그는 그 일을
머리에서 지울 수 없었다. 매사에 활동적이고 재능을 보
이는 매력적인 부인을 가졌다고 부러워하는 사람들은 무
언가 대단히 오해하고 있는 셈이다. 오직 나를 마음속
깊이 최고의 남자로 느끼는 여자면 족하다.

그는 다시 시계를 보았다. 미국은 지금 새벽 1시 30분. 그는 다시 전화를 하려다가 허공을 향해 울릴 전화벨 소리가 두려워 참았다. 그때서야 그는 아직까지 아무것도 먹지 않았음을 깨달았다. 그는 식당으로 내려가 아침 겸 점심을 주문하고 신문을 펼쳤다. 그러나 신문기사는 눈에 들어오지 않고 머릿속은 온통 아내 생각으로 가득 찼다.

역시 아내는 그에게 너무나 큰 자리를 차지하고 있었다. 아내의 말 한마디, 행동 하나가 그를 슬프게도 하고 기쁨에 넘치게도 했다. 자신은 아내에 의해 움직이는 인형극의 인형일지도 모른다.

그러면 내가 사는 의미는 무엇일까 하고 그는 자문해 보았다. 인생에서 빼앗길까 봐 두려워할 게 없고 찾으려고 애쓸 만한 게 없다면 남는 것은 오직 죽음에 이르기까지 거쳐가는 견디기 힘든 외로움과 노쇠한 육체가 가져다줄 무력함, 그리고도 언젠가 찾아올 병마…… 이런 것들이 아닐까?

하지만 그 많은 사람들이 인생을 살아가는 것을 보니 인생에서 죽는 순간까지 찾으려고 노력할 만한 것이 있음에 틀림없다. 그렇다면 자신에게도 그러한 무엇이 있을지도 모른다. 무엇일까? 얼른 답이 떠오르지 않았다. 그렇다. 빼앗길까 두려워하는 대상은 사랑하는 사람이다. 그에게는 지금 사랑하는 사람을 잃어버릴지도 모른다는 두려움이 없다. 그렇다고 새롭게 사랑을 찾아나설 나이도 지났다. 그는 갑자기 정사용이 한없이 부러워졌다. 정사용은 죽는 순간까지 사랑하는 아내와 딸을 마음속에 고이 간직하고 있지 않았던가. 비록 멀리멀리 떨어져 있었지만…….

그는 식사를 마치고 방으로 올라가 다시 전화를 걸었다. 미국 시간으로 새벽 2시 30분. 전화벨이 울리자마자 아내의 목소리가 들려왔다. 몹시 반가웠다. 그는 아내의 친구 생일이었다든지 혹은 아는 사람이 아파서 병문안을 갔다 늦게 왔다든지 하는 이유를 간절히 바라면서 말했다.

"몇 번 전화했는데 안 받더군."

"……."

아무 대답이 없었다.

"어디 갔다 왔어?"

"컨트리클럽에서 하는 파티에……."

"이렇게 늦게까지?"

"파티 끝나고 영숙이네 집에 가서 한잔 더 했어요."

아내는 한잔 더 했다는 말을 하며 일부러 혀가 꼬부라

진 흉내를 내는 듯했다.

"그 소문난 여자 집을 그렇게 늦게 가면 어떡해?"

"왜요? 그 소문난 여자 집에 가면 안 되는 이유라도 있어요?"

아내는 흉내를 내는 게 아니라 정말 많이 취한 것 같았다. 순간 그는 아내에게 질투하는 모습을 보이고 싶지 않아 냉정을 되찾으려 애썼다.

"전화를 안 받아 혹시 무슨 사고라도 났을까 봐 걱정했어."

아내에게 따진 것에 대한 사과와 화해의 뜻이 담긴 어투로 말했다. 과거 수년 동안 늘 그런 식이었다. 오늘도 다를 바가 없었다. 하지만 왠지 오늘은 뭔가 좀 다르기를 원했다. 그러나 그러기에는 이미 글렀다. 그는 화가 머리끝까지 났다. 자신도 모르게 고함이 터져 나왔다.

"당신 정신차려. 주위에서 당신 보고 뭐라고 그러는 줄 알아?"

그는 정말로 오랜만에 아내에게 목청을 높였다.

"뭐라고요? 정신차리라고요? 당신이나 정신차려요."

그녀도 질세라 매섭게 뱉어냈다.

"……다 집어치우고, 내게 전화한 용건은 뭐야?"

"편지가 와서 전화했어요."

"누구한테서 온 건데?"

"정희성이라는 사람한테서요."

그는 너무 놀랐다. 가슴속의 화가 풍선의 바람처럼 빠져나갔다. 정희성이라면 정사용의 포섭 대상이었던 정치가 숙부다. 정희성이 그에게 편지를 할 이유가 없다. 필요하다면 전화를 했을 것이다.

"몇 장쯤 돼?"

그는 내용이 궁금해서 몇 장 안 되면 전화로 빨리 읽어달라 하려고 했다.

"꽤 두꺼워요."

아내는 여전히 통명스러운 목소리였다.

"편지 발신일만 확인해줘."

아내가 말한 날짜는 정사용이 죽기 일주일 전이었다. 광화문 우체국 소인이었다. 그는 문득 실제 발신인은 정사용이 틀림없다고 생각했다. 그는 아내에게 아침 일찍 대사관 직원이 갈 테니 뜯어보지 말고 봉한 채로 편지를 건네주라고 하면서 전화를 끊었다. 그리고 곧 대사관에 전화해서 서울로 보내는 대사관 외교 행낭 편에 그것을 보내라고 부탁했다.

## 2.

그는 다음날 외무부로 가서 미국에서 온 외교 행낭 속에 들어 있는 노란색 큰 봉투를 찾았다. 봉함을 확인해 보니 뜯어본 흔적은 없었다. 그는 겉봉투에 씌어 있는 필체를 눈여겨보았다. 발신인의 주소나 성명은 정사용의 숙부로 되어 있었으나 정사용의 필체임을 알 수 있었다. 심문 과정 중 정사용이 쓴 많은 자술서에서 필체를 익혀 둔 바 있었다. 큰 봉투를 조심스럽게 뜯으니 속에 2개의 작은 봉투가 또 들어 있었다.

호텔로 돌아가는 차 속에서 그는 편지에 대해 여러 가지로 추리를 해보았다. 정보요원으로 활동한 후부터 어떤 일이 전개될 상황 몇 가지를 머릿속에 그려보는 훈련을 쌓아왔다. 그것은 뜻밖의 일을 당해도 순발력을 발휘할 수 있는 마음의 준비를 하려는 목적과, 근무 경력이 쌓임에 따라 닥칠 일을 예견하는 확률을 높이려는 의도에서였다. 그것만이 정보세계에서 살아남을 수 있는 유일한 방법이었다. 그는 정사용이 보낸 봉투를 뜯지 않은 채 손으로 겉봉을 서서히 쓰다듬었다. 마치 예언자의 주술적인 행위 같은 태도였다.

그는 세 가지로 추리해보았다. 첫째는, 정사용이 주식을 처분한 돈의 수혜자를 그를 통해 부탁한 경우. 분명히 사이가 안 좋은 부인을 제외하고 어린 자식이 성년이 되면 수혜자가 되게 해달라는 내용의 부탁일 것이다. 정사용은 이러한 명시를 확실히 하기 위해 한 사람이 아닌 여러 사람을 택했고, 김경철을 그 한 사람으로 택했을 수도 있다. 이러한 추리가 사실이라면 회사 주식을 판 40억이라는 거금의 행방은 자연히 찾아질 것이다.

둘째, 정사용의 사인이 위암이 아닌 자살이었다면 그가 자살한 동기가 삼류 소설처럼 씌어져 있을 가능성이 있다. 사람이란 뚜렷한 동기가 없어도 갑작스럽게 일을 저지를 수 있는 법. 특히 부부 사이가 좋지 않았던 정사용으로서는 그럴 가능성이 충분하다. 더구나 북에 있는 아내와 딸에 대한 애절한 그리움이 그것을 더욱 부채질했을 수도 있다.

셋째, 자수 후에도 간첩 활동을 계속했다는 고백이 들어 있을지도 모른다. 아마 남한에 있는 가족에게 피해를 줄 것 같아 자살을 택하지 않으면 안 될 이유와, 북한에 있는 가족을 살리기 위해 부득이하게 간첩 활동을 했다는 내용이 포함되어 있을 것이다.

이러한 추리를 전개하자 문득 생각나는 게 있었다. 그것은 근래에 와서 어떤 일이든 추리를 하면 90퍼센트 이상 맞는다는 것이다. 추리의 90퍼센트 이상이 맞아야만 정보세계에서 살아남을 수 있다. 그렇지 않을 경우 하루라도 빨리 이 세계에서 빠져나가는 것만이 살 길이었다.

김경철은 호텔방으로 들어가 큰 봉투 안에 든 2개의 작은 봉투를 꺼냈다. 먼저 '김형 앞'이라고 씌어진 봉투를 뜯었다.

김형 보십시오.

저 정사용입니다.

부득이한 사정으로 발신인을 숙부로 하게 되었습니다. 먼저 이 점 사죄드립니다.

김형! 외국 생활에 김형과 가족들 모두 평안하시리라 믿습니다. 오랫동안 연락 못 드린 것을 미안하게 생각합니다.

좋지 않은 소식을 전하게 되어 미안한 마음 금할 수 없으나 저의 근황에 대해 말씀드리겠습니다. 6개월 전 저는 위암진단을 받았습니다. 그 후 저로서는 투병 생활에 최선을 다했으나 여의치 않아 곧 임종을 맞이해야 할 처지에 있습니다.

저의 생애를 돌이켜보면 전혀 후회가 없는 것은 아니지만 그런대로 의미 있는 인생이었음이 틀림없습니다. 저는 훌륭한 부모님의 아낌없는 사랑을 받으며 소년 시절을 보냈고, 중학생 시절에는 부질없는 일이었지만 이상에 사로잡혀 젊음을 불태우는 행운도 가져보았습니다. 그러는 동안 제가 느낀 행복에 반비례해 부모님께 안겨드렸던 고통을 생각하면 제 자신이 너무나 이기적이었다는 것을 부정할 수 없습니다. 그러나 지하에 계시는 부모님도 지금쯤은 저를 용서해주셨으리라 믿고 싶습니다. 제가 한 가지 위안으로 삼을 수 있는 것은 집안의 대를 이을 자식을 남겼다는 것입니다. 이 점은 부모님도 기뻐하실 줄 압니다.

또한 저는 우리 민족 모두에게 참담함을 가져다준 전쟁에 참여도 해보았고 나름대로 제게 주어진 최소한의 의무는 완수했다고 생각합니다.

그리고 저는 너무나도 아름다운 여자와 함께 10년 가까이 젊음과 인생의 희열을 맛보았습니다. 그 여자와의 10년 생활은 세상 어느 누구의 평생과도 바꾸고 싶지 않을 정도로 소중한 것이었습니다. 더군다나 그 여자와의 아름다운 추억을 되새길 수 있는 자유만은 어느 누구도 빼앗아갈 수 없었으므로 저보다 행운을 가진 사람은 이 세상에 없다고 자부하고 싶습니다.

여기 다른 작은 봉투 안에 들어 있는 편지들은 저에게

너무나 소중한 부분입니다. 김형께 꼭 부탁드리니 나중에 한국에 들어오시거든 저의 무덤 근처 어느 한구석을 파서 이 편지들을 깊숙이 묻어주십시오.

그럼 이만 펜을 놓겠습니다. 내내 김형 댁에 행운이 깃들이기를 바라겠습니다.

정사용 올림

추기: 첨부한 부고를 일간지에 게재하도록 가족들에게 부탁했습니다만, 혹시나 해서 김형께 부탁드리니 저의 가족에게 얘기해 첨부한 내용에서 한 자도 틀리지 않고 그대로 게재되도록 해주십시오.

편지를 한눈에 다 읽은 김경철은 그의 세 가지 추리가 완전히 빗나간 편지 내용에 매우 놀랐다. 특히 두 가지 의문점이 그를 사로잡았다. 첫째, 과연 정사용은 어떻게 사망했을까 하는 것이었다. 둘째, 신문에 게재하는 부고에 중요성을 두었는데 그 이유를 짐작하기가 어려웠다. 그는 다음 장을 보았다. 거기에는 정사용의 필체가 분명한 부고 내용이 있었다.

그 내용과 형식에 별로 특이한 점은 없었다. 조금 다른 점이 있다면 작은 글씨로 씌어 있는 다음 내용이었다.

'평소 고인의 병간호에 심혈을 기울여주신 경남 충무시 김기순 씨와 강원도 설악산 신흥사 청명 스님에게 유가족을 대표하여 감사드립니다.'

김경철은 '편지'라고 씌어진 또 다른 작은 봉투를 집어 들었다. 봉투를 뜯어보려다 그는 멈칫했다. '개봉 불가'라고 적혀 있었기 때문이었다. 그 안에 있는 편지들이 어떤 내용인지는 모르나 읽고 싶은 마음을 누르고 고인의 뜻을 받들기로 했다. 작은 봉투 안에 들어 있는 것이 얼마나 소중하기에 땅에 묻혀서도 옆에 간직하고 싶었을까, 하고 몹시 궁금했으나 정사용의 가족과 연관된 아주 개인적인 사연이려니 추측했다.

우선 정사용의 편지에 추기로 언급한 부고의 게재 여부를 확인해볼 필요가 있었다. 당연히 고인의 뜻대로 게재되었으리라 믿지만 그래도 확인을 하는 게 고인에 대한 최소한의 의무로 받아들여졌다.

그는 정보부에 전화해서 확인을 요청했다. 정보부의 대답은 어떠한 신문에도 부고가 게재되지 않았다는 것이었다. 누구에게나 자랑할 수 있었던 정보부의 정보 수집 능력이 퇴보되어가는 현실이 몹시 안타까웠다. 반정부 활동에 연관된 재야인사나 운동권 학생들에게 신경을 쓰다 보니 본연의 업무에 소홀하게 되는 현실에 분노가 치밀었다. 그는 유가족에게 전화해서 확인해보기로 했다.

그가 미망인에게 전화를 걸자 가정부인 듯한 여자가 '지금 부재중이고 언제 귀가할지 모른다'고 퉁명스럽게 말했다. 김경철은 자신의 이름과 전화번호를 알려주고 전화를 부탁했다.

그는 일전에 만난 정사용의 사촌동생 정사성의 직장으로 전화를 걸었다. 다행히 그와 통화가 되었다. 그에게 고인의 부고가 게재된 일간지와 날짜를 물었다.

"기억이 잘 안 나는데예⋯⋯."

기억이 안 난다기보다는 대답하기가 곤란하다는 투였다.

"어느 일간지에 냈는지 기억이 잘 안 나시는 겁니까?"

짜증이 나서 자신도 모르게 언성이 높아졌다.

"그건 아니고⋯⋯."

"그럼 부고를 게재한 날짜가 정확하지 않다는 겁니까?"

몇 마디면 간단히 끝낼 수 있는 일을 가지고 어물어물하는 것으로 보아 무엇인가 숨기는 게 분명했다.

"그것도 아닌데예."

"그럼 부고가 나가기는 나갔나요?"

"……."

"그것도 확실하지 않습니까?"

"아마 안 나갔을지도 모릅니다."

"뭐요?"

무슨 일인지 모르지만 분명히 부고와 관련된 석연치 않은 일이 있는 것 같았다.

"제가 지금 그쪽 사무실 근처로 가서 전화를 드릴 테니 조금만 계십시오."

김경철은 답을 기다리지도 않고 수화기를 놓았다. 그리고 택시를 잡아타고 정사성이 근무하는 은행에 도착해 그를 지하 다방으로 불러냈다. 그는 이전과는 달리 매우 경계하는 눈초리였다. 김경철은 그것이 못마땅해서 질책하듯 그를 몰아세웠다.

"부고 관계로 드리는 말씀에 지나친 경계를 하는 눈치신데, 그럴 필요가 전혀 없을 텐데요."

"뭐 때문에 부고를……."

"그 이유는 설명드릴 수 없습니다만, 유가족이나 친척들에게 아무런 해가 되지 않을 겁니다."

"그렇다면 말해드릴께예."

그는 해가 되지 않는다는 김경철의 말을 믿는 듯했다.

"부고가 언제 나갔습니까?"

76

"전혀 나간 일이 없습니더."

"부고가 지면으로는 전혀 나가지 않았습니까?"

"네, 전혀요."

"왜 그랬지요?"

"글쎄요…… 집안 어른들께서 결정한 문제라……."

"집안 어른들이 결정했더라도 이유가 있었을 게 아닙니까?"

"글쎄요……."

"정형이 아시는 대로만 얘기해주세요."

"아마 세금 문제로 부고를 신문에 게재하지 않기로 한 걸로 알고 있심더."

"세금 문제라니요?"

"부고를 내면 즉시 상속세 조사가 나온다고 해서 재산 정리를 할 때까지 당분간 시간을 벌자고 한 거지예."

"그래요? ……미망인께서 부고 게재를 주장하시지 않으셨나요?"

"고인이 작성한 부고 내용을 어른들한테 내놓은 걸로 압니다만, 어른들의 말씀에 그냥 따른 줄 알고 있심더."

김경철은 그의 시간을 빼앗아 미안하다는 말과 세금 관계는 자기와는 무관한 일이니 조금도 걱정할 필요가 없다고 안심을 시켜놓고 자리를 떠났다.

3.

호텔로 돌아오는 차 안에서 김경철은 다시 착잡한 심정에 휩싸였다. 정사용이 그에게 편지한 이유 중 가장 중요한 일은 수기한 내용 때문이라는 강한 예감이 들었다. 그리고 자신의 간곡한 유언에도 불구하고 부고가 게재되지 않을지도 모른다는 것을 정사용이 미리 알았다는 게 편지 내용에서 드러났었다. 그렇다면 부고 게재가 정사용에게는 아주 중요한 의미를 지녔음에 틀림없다. 그 의미를 부고 내용에서 찾아내야 한다.

그는 방으로 돌아와 정사용이 친필로 쓴 부고 내용을 한 자 한 자 뜯어보았다. 처음 관찰한 것과 마찬가지로 특이한 점이 없었다. 그는 그 내용을 수첩에다 한 자 한 자 옮겨 적어보았다.

'평소 고인의 병간호에 심혈을 기울여주신 경남 충무시 김기순 씨와 강원도 설악산 신흥사 청명 스님에게 유가족을 대표하여 감사드립니다.'

그는 정보부에 전화를 걸어 충무시의 김기순 씨와 설악산 신흥사의 청명 스님에 대한 신원조회를 급히 의뢰했다. 그런 다음 정사용의 집으로 전화를 걸었다. 다행히 미망인과 통화가 되었다. 그는 실례가 안 된다면 댁으로 찾아가겠다고 했으나, 미망인은 동대문 근처 다방에서 저녁 8시에 만나자는 제안을 했다.

김경철이 약속 장소인 동대문 상가 5층 카바레 옆 다방에 8시 10분 전쯤 도착했을 때 미망인은 한쪽 구석에 40대 초반의 다른 여자들과 함께 앉아 있었다. 김경철은 빨리 미망인과 용무를 끝내고 자리를 뜨고 싶었다.

"바쁘신데 시간을 내주셔서 고맙습니다."

김경철은 무의식중에 한 자신의 인사치레가 빈정거림으로 들려 속으로 웃었다.

"뭘요, 괜찮아요."

"부인께서는 부군의 부고를 신문에 내지 않은 걸 알고 계시지요?"

예상외의 질문이 좀 불쾌하다는 듯 그녀의 얼굴에선 조금 전의 억지웃음이 싹 가셨다. 그 편이 오히려 견딜 만했다.

"알고 있지요."

남의 이야기를 하듯 심드렁한 기색이 역력했다.

"고인께서 부고를 신문에 게재하라는 유언은 없었나요?"

"그까짓 유언이 무슨 필요가 있어요?"

그는 수첩을 펼쳐 옮겨 적은 부고 내용을 미망인에게

보여주었다.

"이것이 고인께서 부인께 부탁하신 부고 내용인가요?"

그녀는 보려고 하지도 않았다. 그는 수첩을 그녀 앞으로 내밀었다. 그녀는 마지못해 펼쳐진 수첩을 읽었다.

"맞아요."

"확실히 맞습니까?"

"그래요."

"여기에 언급된 김기순 씨와 청명 스님에 대해서 아시는 바가 있습니까?"

"없어요."

"이름을 들은 적도 없습니까?"

"전혀 없다니까요."

다분히 신경질이 섞인 말투였다.

신경질이 폭발 직전인데도 간신히 참는 그녀에게서 뾰족한 답이 나올 리 없었다. 다음에라도 협조를 얻으려면 더 이상 상황을 악화시켜서는 안 되었다. 김경철은 이 정도에서 끝내야겠다고 판단하고 자리에서 일어났다.


김경철은 호텔로 돌아오는 차 안에서 깊은 생각에 잠겼다. 정사용 사건은 풀릴 듯해 다가가면 다시 저만치 멀어져 가버린다. 김경철은 미처 몰랐던 정사용이라는 높고 견고한 성벽 앞에 선 기분이었다. 김기순과 청명스님은 실존 인물이 아닐 것이다. 이번 사건은 판단을 벗어난 예상치 못한 일들의 연속이었다. 이 두 사람에게 구태여 부고로 감사한 마음을 전하는 방법이 낯설고, 미망인도 모르게 고인의 병간호에 심혈을 기울였다는 정황이 납득이 가지 않았다.

그는 수첩을 꺼내 부고 내용을 다시 한 번 되뇌었다. 문자의 해석이 아닌 숨겨진 의미를 찾으려고 단어를 이리저리 뒤바꿔도 보았다. 누구에게 전할 암호가 담겨진 문장일지도 모른다. 그럼 상대는 누구겠는가. 물어볼 필요도 없이 북한의 정보기관이 틀림없다. 그것도 24시간 내에 국내 일간지를 입수할 수 있는 능력을 갖춘 조직임이 분명하다. 그는 새로운 실마리가 풀려나온다는 흥분보다는 그 반대의 감정이 앞섰다. 남 못지않은 두뇌를 가진 정사용이 목숨을 바치면서까지 이념의 하수인 역할을 포기하지 않았을지도 모른다는 사실이 왠지 안타까웠다. 그 강한 집념보다 더 강한 북한의 비인간적인 수법에 새삼 전율을 느꼈다. 어떠한 상황과 국면이든 인간을 당의 지시대로 움직이는 기계로 개조해버리는 사상이 소름끼쳤다.

그는 부고의 마지막 내용을 정보분석과에 의뢰했다. 컴퓨터의 도움을 받으면 다른 단서가 잡히는 경우도 가끔 있기 때문이다.

김경철은 호텔 데스크에서 열쇠를 받으며 메모도 함께 건네받았다. 호텔방으로 들어와 메모를 보았다. 메모에 적힌 전화번호는 그가 김기순과 청명 스님의 신원 조회를 부탁한 곳이었다. 그들이 실존인물이 아닐 거라는 심증을 굳힌 그는 신원조회 결과에 별 기대가 없었으나 전화를 걸었다. 그러나 의외로 그쪽의 회신은 또 한 번 예상을 뒤엎고 말았다. 두 사람 다 엄연한 실존인물로 그들의 주소와 인적 사항 및 전화번호가 통보되었다. 정보원들은 예상과 어긋나면 맥이 풀리고 사건의 흥미를 잃어버리지만 이번 경우는 달랐다. 오히려 정사용 개인의 영역 속에 한 걸음 더 가까이 다가간 느낌에 힘이 솟았다.

그는 곧 충무시 김기순에게 전화를 걸었다. 김기순은 3일 예정으로 제주도 관광 여행을 떠나 다음날 저녁에 귀가할 예정이라고 딸이 친절하게 알려주었다. 다시 설악산 신흥사에 전화를 했다. 청명 스님은 설악산 중턱에 있는 금강굴에서 면벽 수도 중이며 언제 내려올지 모르나 아마 4, 5일 후면 절로 돌아올 듯싶다고 했다. 금강굴에 연락할 다른 방법은 없고 단지 식량을 나르는 사람이 가는 날이 따로 정해져 있을 뿐이라고 했다. 그는 곧바로 다음날 아침 속초로 떠나는 첫 비행기를 예약했다. 청명 스님을 만나면 많은 의문이 풀릴 것 같았다.

순간 정사용이 보낸 편지봉투 속에 있던 '개봉 불가'라고 적힌 편지들에 생각이 미쳤다. 어쩌면 그 편지들이 중요한 단서들을 제공해줄지도 모른다는 예감이 들었다. 이제는 아무리 '고인의 뜻'이라 하더라도 자신의 무덤 근처에 묻어달라는 편지를 읽지 않아야 할 이유가 없었다. 그는 조심스럽게 겉봉투를 뜯었다. 그 안에서 세 통의 편지들이 나왔다.

그는 맨 앞의 편지를 집어들었다. 줄이 없는 연습장 같은 종이에 깨알 같은 작은 글씨가 씌어 있었다. 편지를 읽어내려가던 김경철의 몸이 점차 얼어붙기 시작했다. 놀랍게도 편지의 발신인은 평양에 있는 최영실이었다. 그는 가슴을 진정시키며 계속 읽어 내려갔다.

당신 보세요

너무나 오랫동안 연락을 못한 것 같아요. 정선 선배가 연락이 될지도 모른다고 하여 실낱같은 막연한 희망을 가지고 몇 자 소식을 전하려고 해요.

이곳의 저는 잘 있어요. 매일매일 하는 일도 매우 재미있고요. 소도구실이 연극배우가 연기하는 데 그렇게 중요한지 미처 몰랐어요. 연기하는 분들한테 조금이라도 도움을 준다는 데 큰 기쁨을 얻고 있어요. 또 제가 직접 연기를 해보았던 덕택으로 소도구 선정에 많은 도움이 되는 것 같아요. 그리고 배우나 감독님들이 저의 의견을 존중해주셔서 매우 기뻐요. 무엇보다도 소도구 하나하나에 당신의 손때가 묻어 있을 거라는 생각에 그것들이 너무나 소중하게 여겨져요. 마치 당신의 체온을 느끼는 것 같아요.

소도구실에서 일할 수 있게 도움을 준 정선 선배에게 고맙게 생각해요. 저도 소도구실에서 일할 수 있기를 원했으나, 정선 선배의 도움이 아니었다면 불가능했을 거예요.

당신과 함께 살던 예술인 아파트에서, 당신이 결혼 전 살던 로동자 아파트로 이사를 한 지 꽤 오래되었어요. 다행히 이웃 사람들도 친절해서 많은 도움을 받아요.

지숙이는 요사이 두 번째 영화 출연 준비로 바쁘게 지내고 있어요. 정선 선배한테 들으셨겠지만 얼마 전 주인공으로 출연한 영화가 카를로비바리 영화제에서 상을 받았지요. 물론 정선 선배의 도움이 없이는 가능하지 않았을 거예요.

지숙이는 당신을 닮아 성격이 활달해요. 누구에게나 붙

임성이 좋고 특히 정선 선배를 좋아해요. 정선 선배도 잘 대해주고요. 지금은 해외에 있는 동안 비어 있는 평양 정선 선배의 아파트에서 지내고 있어요. 정선 선배의 뜻이라 그렇게 하기로 했지요.

이곳은 곧 겨울로 접어들 텐데 금년은 따뜻할 거래요. 아직까지 대동강에서 불어오는 바람은 차갑지 않아요.

그럼 이만 줄이겠어요. 이 글이 당신에게 도착하기를 바라며.

1977. 11. 10.

당신의 아내 영실이가

정사용은 어떤 경로를 통해 최영실의 편지를 받았을까? 김경철은 미궁에 빠진 듯한 느낌이었다. 다만 한 가지 리정선이라는 인물이 이 사건에 깊숙이 관여되어 있다는 사실이 확인된 셈이다. 정사용의 남파 임무가 자수를 함으로써 실패로 돌아가자 인민배우 칭호의 가장 유력한 후보 배우였던 그의 아내를 하루아침에 소도구실로 배치시킨 북한 당국의 처사는 새삼스럽게 놀랄 일이 아니다. 어느 탄광이나 변두리 도시의 방직 공장으로 보내지 않은 것만도 다행이었다. 그나마도 '정선 선배'라는 사람의 도움이 큰 역할을 했다고 씌어 있었다.

예술가 아파트에 살다가 노동자 아파트로 옮기고, 소
도구실에서 일하는 한편 딸의 성장을 돌보며, 볼 수도
들을 수도 없는 남편을 향한 그리움 속에 살아가는 가련
한 여인의 모습이 김경철의 머리에 선명하게 떠올랐다.

그는 다음 편지를 읽었다.


당신 보세요


당신의 글을 보고 가슴이 미어지는 기쁨을 맛보았어요.

사실은 편지를 쓰면서도 당신이 볼 수 있으리라는 기대
는 거의 안 했거든요.

이제는 당신이 저와 한 하늘 아래 한 땅 위에 살고 있다
는 사실을 알았어요. 그것을 안 이상 당신이 바로 제 옆에
있든 천리, 만리 떨어져 있든 상관없어요. 우리는 모두 한
지붕 밑에 사는 거예요. 오늘 이 글을 쓰며 볼 수 있는 총
총히 뜬 저 별과 저 둥근 달은 당신이 보고 있는 별과 달과
똑같은 거예요.

당신이 걱정하는 것만큼 로동자 아파트는 그리 불편하
지 않아요. 당신이 살던 때와는 달리 지하에 공동목욕탕이
있어 뜨거운 물도 나와요. 그리고 지난겨울부터 석유난로
를 집 안에 갖다놓아서 매우 훈훈하게 지낼 수 있었어요.

정선 선배를 통해 외국인 전용 상점에서 사온 건데 아주 좋아요.

소도구실에는 당신이 얘기한 〈붉은 기를 휘날리며〉라는 극에 사용한 권총이 그대로 있어요. 오늘 아침 그것을 찾아보았어요. 당신이 이야기한 대로 방아쇠 고리에 'J. S. Y.'라고 작은 글씨가 새겨져 있더군요. 그것이 영어로 당신 이름의 첫 글자라는 것을 알고는 혼자서 웃었어요. 그리고 그것을 만지작거리며 당신이 얼마나 장난을 좋아했는지 상상해보았어요.

지숙이는 연기를 아주 잘하는 것 같아요. 지숙이의 훌륭한 연기를 보고 있노라면 지숙이 자신과 저의 꿈을 한꺼번에 이루고 있는 것 같아요. 아니에요. 오히려 제가 이룰 수 있었을 어떤 꿈보다 더 큰 꿈을 저에게 안겨주고 있어요.

당신이 결혼했다는 소식은 정선 선배한테 이미 들어서 알고 있었어요. 조금도 걱정 말아요. 당신은 말 안 했지만 사내아이를 낳았다는 것도 알고 있어요. 당신에게 사내아이를 주지 못한 것을 늘 안타까워했는데 다행스런 일이에요.

다시 연락드리겠어요.

정선 선배가 한 장 이내로 쓰라고 해서 쓰다 보니 벌써 끝이 나네요. 당신의 글을 기다리며.

1978. 2. 20.
당신의 아내 영실이가


그는 두 편지의 날짜를 확인했다. '1977. 11. 10'과 '1978. 2. 20'이었다. '1977년 11월 10일'과 '1978년 2월 20일' 사이에 정사용이 어떤 경로로든 최영실에게 편지를 전해주었다는 증거가 명백했다. 정사용과 리정선이 언제, 어떻게 만날 수 있었느냐가 관건이었다.

그는 즉시 본부에 연락해 정사용의 1977년 1월 이후의 출입국 기록을 부탁했다. 그는 세 번째 편지를 읽었다.


당신 보세요


당신의 글을 잘 받았어요.

이곳은 어느새 겨울이 지나고 낮 동안은 햇볕이 매우 따뜻해요.

당신이 지숙이와 같이 살라고 했지만, 지숙이는 정선 선배의 아파트에 사는 것이 옳은 것 같아요. 정선 선배가 당신에게 직접 설명했듯이, 지숙이는 영화에 출연하기 전 정선 선배의 양녀로 입양되었지요. 지숙이의 장래를 위해 감독님과 정선 선배와 의논한 결과였어요.

저는 그동안 감독님이 말씀하셔서 러시아어를 열심히 공부했어요. 사전도 갖다주셔서 사전을 찾아가며 러시아어로 된 연극 각본을 읽는 데 온 정신을 집중하고 있어요. 저 자신도 재미있고 얼마 후면 소련 연극의 각본을 번역하는 일을 할 수 있을지도 모른다고 해요.

오늘 아침 잠에서 깨었을 때 어느 로마 철학자의 말이 떠올랐어요. '행복이란 그녀가 아테네에 있을 때 내가 로마에 있고, 내가 아테네에 있을 때 그녀가 로마에 있는 것'이라는 말이 진실이라는 것을 깨달았어요. 저는 누구보다도 행복한 여자라고 굳게 믿고 있어요. 사랑하는 당신에게 소식을 전할 수 있고 당신과 제가 누구보다도 사랑하는 지숙이가 의젓한 숙녀로 자라는 것을 볼 수 있으니까요. 그럼 다음 소식 전할 때까지 건강에 주의하고 안녕히 계세요.

1978. 7. 10.

당신의 아내 영실이가

김경철은 정지숙이라는 배우가 리정선의 양녀로 들어간 이유를 비로소 알았다. 정사용의 딸이었기에 영화 출연 허가를 얻어내기 위해선 그럴 수밖에 없었던 것이다. 그는 세 번째 편지의 날짜를 확인했다.

역시 리정선이 사건의 모든 열쇠를 쥐고 있었다. 그녀는 정사용의 딸인 정지숙을 양녀로 삼았고, 정사용과 최영실 사이에서 편지 교환을 주선했다. 정사용이 자살한 배경에 북쪽의 그림자가 드리워져 있을 확률이 높아졌다. 리정선을 매개로 한 북한의 정보기관과 연관된 사건이라면 간단한 문제가 아니었다.

사건이 더욱 미궁으로 빠지는 것 같았다. 여러 가지 의문이 그를 괴롭혔다.

1. 정사용과 리정선은 어떻게 만나게 되었나?
2. 리정선이 정사용과 관계를 맺고 있는 이유는?
3. 미 CIA에서 보인 리정선에 대한 과민반응의 이유는?
4. 부고에서 언급된 충무의 김기순과 설악산의 청명 스님의 역할은?
5. 정사용은 왜 자살했으며, 그가 매각한 주식 대금 40억 원의 행방은?

첫 번째와 두 번째 의문의 답은 리정선을 만나 그녀로부터 듣는 수밖에 없다. 세 번째 의문의 답은 국장에게 특별히 부탁해놓았으니 기다리고 볼 일이었다. 네 번째 의문은 내일부터 당장 착수해 풀어나가기로 작정했다. 다섯 번째 의문은 현재로서는 답을 예측하기조차 힘들었다. 그 답은 위의 네 가지 의문을 풀어나가는 과정에서 차차 밝혀질 사항이었다.


4.

다음날 아침 김경철이 속초 공항에 도착했을 때 구름 한 점 없는 화창한 봄날씨가 그를 맞이했다. 공항에서 택시를 타고 신흥사로 갔다. 가는 도중 케이블카가 공중에 매달려 설악산 국립공원과 높은 산중턱 사이를 오가는 모습이 보였다. 불현듯 케이블카를 한번 타보고 싶어졌다. 차창 밖으로 푸른 잎사귀에 짙은 윤기가 흐르는 나무들과 여러 가지 야생 풀꽃들이 싱그러운 봄을 알려주었다.

그는 자신에게 무슨 일이 그렇게 중요하기에 마흔이 되도록 이런 자연의 아름다움을 만끽할 여유조차 못 가졌는지 참담한 생각이 들었다. 인생의 다른 길엔 이렇게 풍요로운 모든 것이 기다리고 있는데 우직스럽게 한길로만 달려온 지난 세월이 덧없이 느껴졌다.

콘크리트 숲속에서 오염된 공기를 마시면서 추악한 인간들과 어깨를 비비며 오로지 살기에 바빠 걸어왔던 길, 그 길의 막다른 곳에는 한 평 무덤만 기다리고 있을 뿐이었다. 서두르지 말고 여유를 가지라는 자연의 손짓은 아랑곳하지 않고 무작정 앞에 있는 무덤만 보고 힘을 다해 치닫는 그와 같은 수많은 사람들의 얼굴이 떠올랐다. 그들은 신경쇠약을 연료로 하여, 등을 밀어주는 고혈압을 바람으로, 남보다 앞서려는 경쟁심을 엔진으로 삼고 오직 앞만 보고 달리는 인간이라는 이름의 동력선, 험한 파도와 폭풍 속을 헤매다가 폐선장으로 가는 동력선과 같았다.

이러한 진실을 일찍 깨우치지 못한 자신이 이해가 되지 않았다. 지금까지는 정신없이 달려만 왔으나 이제부터는 유유히 걸어가며 얼굴에 쏟아지는 햇볕을 놓치지 않으리라고 마음먹었다. 그러나 그에게는 다시 돌아오지 못할 인생길을 걸으며 주위의 꽃향기를 맡고 예쁜 꽃을 만져볼 동반자가 필요했다.

문득 아내가 떠올랐다. 그러나 그는 세차게 머리를 저었다. 아내는 여유를 가지고 함께 인생의 길을 걸어갈 동반자는 결코 아니었다.

그는 설악산 국립공원에서 내려 신흥사까지 걸으며 상

쾌한 공기를 마음껏 마셨다. 폐부가 깨끗이 씻기는 듯했다. 산새들 지저귀는 나뭇가지들 아래로 그늘진 산길을 천천히 걸으니, 결국 산다는 게 생각만큼 절망적이지 않을지도 모른다는 느낌이 들었다. 연둣빛 신록이 싱그럽게 빛나는 봄, 버림받은 응달을 다시 찾게 하는 여름, 수북이 쌓인 낙엽들이 바람결에 살랑살랑 속삭이는 가을, 온 세상을 흰 보자기로 감싸 안는 겨울이 있는 이상 인생은 죽지 못해 사는 그런 것만은 아니라는 생각이 들었다.

그는 정사용 사건이 해결되면 새로운 생활을 시작하리라 결심했다. 더 이상 낭비할 인생이 남아 있지 않았다. 그는 이제부터라도 자연을 접하며 살 수 있는 인생을 꿈꿨다. 자연은 그를 괴롭히지 않을 것이고 언제나 그 자리에서 기다리고 있을 것이다. 자연은 쉽사리 싫증이 나지 않도록 알맞은 시간에 전혀 다른 옷을 갈아입고 전쟁이든 평화든, 슬픔이든 기쁨이든, 성공이든 실패든 모든 세상사를 먼 거리에 두고 언제나 변함없이 그대로 남아 있을 것이다.

김경철은 신흥사에 도착하자마자 주지를 만났다. 전화를 통해 들었던 대로 청명 스님은 설악산 중턱에 있는 암벽 금강굴에서 수도 중이라고 했다. 그곳에서 홀로 속세를 내려다보며 도를 닦는 데 정진하고 있다는 것이다. 매우 평범한 성품을 지닌 그는 이곳에 입산한 지 2년째이고 경상도 이느 사찰에 머물다가 출가했다고 했다.

김경철은 주지가 가르쳐준 대로 길을 따라 산을 올랐다. 조금 오르니 비선대가 나왔다. 그곳에서 반시간 정도 더 걷자 멀리 암벽 중턱에 구멍이 뚫려 있는 것이 보였다. 구멍에는 마루 같은 받침이 암벽 밖으로 튀어나와 있었고 그 맨 가장자리에 사람의 형체가 있었다. 가파른 암벽에 걸친 나무판자는 바람이 불 때마다 금방 날려갈 듯 위태로웠다. 그는 아래를 내려다보았다. 천길 만길이나 될 것 같은 골짜기를 따라 흐르는 물줄기가 살아 숨쉬는 자연임을 드러내주고 있었다. 발끝이 간지러워 조마조마했다. 그가 서 있는 자리에서 지금까지 올라온 만큼이나 위쪽에 있는 금강굴 바깥 난간 끝에 겁 없이 앉아 있는 스님의 용기가 대단했다. 다시 산을 오르기 시작했다.

김경철이 금강굴 밑에 이르렀을 때는 한낮이었다. 잠시 땀을 식힌 후 굴로 올라갔다.

벼랑에 붙어 있는 나무판자 맨 끝에서 눈을 감고 정좌하고 있던 스님이 인기척에 눈을 떴다. 온화함이 가득한 얼굴이었다. 스님은 다시 눈을 감고 몸을 좌우로 흔들며 독경을 시작했다.

　김경철은 굴 안쪽 벽에 있는 불상에 두 번 큰절을 하고 시주함에도 돈을 넣었다. 그리고 다시 눈을 감고 정좌를 하고 있는 스님 뒤에 앉았다. 스님 옆에는 바로 난간이라 앉을 엄두조차 나지 않았다.

　"스님께서는 난간에 그렇게 앉아 계셔도 무섭지 않습니까?"

　김경철이 감탄하며 스님에게 물었다.

　"생각하기 나름이오. 이 아래가 골짜기가 아니라 땅 위라고 생각하면 되지요."

　스님은 조금도 주저하는 내색 없이 태연자약하게 대답했다.

　"얼마 동안 계셨습니까?"

　"올라온 지 이틀째요. 한 사나흘 더 있을 예정이오."

　"그렇게 앉아서 말입니까?"

　"그렇지요."

　"잠은 어떻게……."

　"이렇게 앉아서 자도 됩니다."

　"바람 불면 떨어질 위험이 많을 텐데요."

　"떨어진다면, 부처님께서 도가 모자란다는 뜻에서 떨어뜨린 거고……."

"식사는 어떻게 하십니까?"

"여기 이거요."

스님은 손이 닿을 만한 곳에 놓여 있는 플라스틱 물병과 생쌀이 든 봉지를 가리켰다.

"생쌀과 물만으로 견디십니까?"

"그걸로도 충분하오."

"스님께 몇 가지 여쭐 말씀이 있습니다. 저는 정보부 직원인데, 수사상 필요한 일이니 꼭 협조해주십시오. 저에 대해 의심이 나시면 신분증을 보여드리겠습니다."

"필요 없소. 얘기해보시지요."

스님은 눈을 감은 채로 말했다.

"혹시 정사준이라는 사람을 아십니까?"

김경철은 정사용이 개명한 정사준이라는 이름을 대며 물었다.

"아니요."

단호한 말투였다.

"당연히 만나보신 적도 없고요?"

"물론이지요."

"스님께선 단호하게 없다고 하시는데, 제가 바로 정사준인지도 모르잖습니까?"

스님은 눈을 뜨고 그를 힐끗 보고는 다시 눈을 감았다.

"제 말은 스님께서는 이곳에 오는 여러 사람과 이름도 모르고 얘기를 나누실 텐데, 그중의 한 사람이 정사준일지도 모른다는 얘깁니다.

"그럴지도 모르지요."

스님은 눈을 감은 채 나직이 말했다.

김경철은 수첩에서 정사용의 사진을 꺼냈다.

"잠깐 눈을 뜨시고 이 사진을 보시겠습니까?"

스님은 여전히 눈을 감은 채였다.

"이 사람이 정사준입니다."

스님은 마지못해 눈을 뜨고 그가 내민 사진을 물끄러미 보다가 다시 눈을 감았다.

"본 사람 같습니까?"

"글쎄, 본 것도 같고 안 본 것도 같고……."

"분명히 기억을 해주실 수 없습니까? 신흥사 주지 스님께서도 스님이 협조하시면 좋아하실 겁니다. 본부에서도 충분히 이유를 설명해드렸으니까요."

"글쎄, 본 것도 같고 안 본 것도 같고……."

역시 똑같은 답이었다. 그는 이런 방법으로는 협조를 얻기가 어렵다는 것을 알았다.

"저는 정사준 씨의 친구로서 그의 가족을 도와주기 위해서 온 겁니다. 수사 관계로 온 게 아닙니다."

"누구를 통해서 정사준을 알았소?"

"누구를 통했다기보다 제가 정사준 씨와 오랫동안 동고동락한 사이입니다."

"누구를 통해서 알았소?"

스님은 똑같은 질문을 했다. 그런 고집 센 스님의 태도가 다소 불쾌했다.

"얘기한 대로 누구를 통해서 알았다기보다 그저 잘 아는 사입니다."

스님은 아무 말도 하지 않고 그대로 앉아 이제는 불경을 외우며 상체를 앞으로 흔들거나 옆으로 흔들었다. 스님이 몸을 흔들 때마다 나무로 된 난간이 금세 통째로 떨어질 것만 같았다.

"정사준 씨를 만나긴 하셨지요?"

"글쎄, 본 것도 같고 안 본 것도 같고……."

스님은 혼잣말처럼 중얼거렸다. 잠시 침묵이 흘렀다.

"수행 중이니 더 말을 걸지 말고 하산하도록 하시오."

더 이상 물어봐야 판에 박힌 대답 외에 도움이 될 만한 말을 할 것 같지 않았다.

"혹시 정사준이라는 사람에 대해 기억이 나시면 저에게 전화해주십시오. 이곳에 연락처를 놓고 가겠습니다. 전화번호는 강릉과 서울 두 곳입니다".

그는 수첩을 꺼내 정보부의 전화번호를 적은 종이를 옆의 쌀봉지 밑에 놓아두었다. 그러고는 '다시 뵙겠다'는 뼈 있는 한마디를 남기고 그곳을 떠났다. 스님은 여전히 눈을 감고 불경을 외며 정좌한 채였다.

김경철은 속초 공항에서 비행기에 탑승하기 전 정보부 강릉 분실에 전화를 걸었다. 지금 곧 사람을 붙여 금강 굴의 청명 스님을 24시간 감시하고, 스님이 그곳을 빠져나갈 때는 미행과 동시에 본부에 곧 연락을 취하라고 지시했다.

쌍발 프로펠러기가 힘들게 대관령 상공을 넘어 서울에 도착했을 때는 이미 해가 진 이후였다. 서울 호텔에 도착하자 김 국장으로부터 급히 연락해달라는 메모가 있었다. 그는 방으로 들어가 전화를 걸었다.

"국장님, 김경철입니다."

"무슨 진전이 있나?"

김 국장이 반가운 목소리로 물었다.

"아직 확실한 단서는 못 잡았으나, 머지않아서 실마리가 조금씩 풀릴 것 같습니다."

"지금까지의 수사로 정사용이 자수 후에도 간첩 활동을 했다는 증거가 될 만한 점이 있나?"

"아직은 어떻다고 말씀드릴 단계가 아닙니다."

"알았네……. 확실한 단서가 잡히면 즉시 구두로 보고하게."

"알겠습니다. 무슨 딴 말씀이라도……."

"있지. 실제로는 이것 때문에 급히 연락을 취했는데…… 미 CIA에 알아본 결과 리정선에 관해서는 우리 부가 일체 손을 쓰지 말라는 거야."

"손을 쓰지 말라니요?"

"리정선에 관한 무슨 정보가 있더라도 우리 부에서는 다 묵살하고, 리정선에 관한 일체의 정보를 자기들한테 보내달라는 거야."

"무슨 이유로요?"

"글쎄……."

"우리 부가 납득할 만한 이유가 있어야 협조를 할 것 아닙니까?"

"리정선에 대해 어떤 정보가 있었나?"

"전혀 없었습니다. 미 대사관 CIA 파견 참사관에게 말했듯이 정사용의 추적 과정에서 튀어나온 이름입니다."

"나한테 솔직히 말해야 돼."

매우 엄한 말투였다. 노련한 국장을 속여 뒤끝이 이로울 게 없다고 생각한 그는 사실대로 말하기로 했다.

"실은 정사용의 딸이 배우가 되었는데, 러시아인과 결혼한 리정선의 양녀로 입양되었답니다. 양부인 러시아인은 파리 주재 소련 대사관에서 근무하고 있으므로 혹시 그의 부인인 리정선에 관한 정보를 미 CIA가 갖고 있을 것 같아서요."

"그래, 별일 아니구먼. 공연히 미 CIA에서는 우리가 리정선과 무슨 큰 관계나 맺고 있는 걸로 알고 있단 말이야."

"미 CIA에서 리정선에 대해 과민반응을 보이는 이유는 뭡니까?"

"글쎄……."

"국장님께서도 아시는 대로 말씀해주셔야지, 저도 수사를 계속할 수 있지 않겠습니까?"

말을 안 해주면 그도 미온적으로 수사 활동을 하겠다는 으름장이었다. 짧은 침묵이 흐른 후 국장이 낮은 목소리로 조심스럽게 말했다.

"미 CIA에서 알려준 사항은…… 이것은 일급비밀이야……. 리정선이 파리에서 미 대사관으로 망명 가능성을 타진해왔다는 거야."

너무나 놀라운 소식이었다.

"망명 가능성이라니요? 그럼 조건은요?"

"그 외에는 아무것도 몰라. 그게 전부야. 그리고 일이 완전히 끝날 때까지 우리 부에서는 일절 손대지 말라는 거야."

"알았습니다. 새로운 사실이 있으면 다시 보고드리겠습니다."

"잊지 말게, 일급비밀이라는 것을……."

"네, 잘 알겠습니다."

전화를 끊고 그는 깊은 생각에 잠겼다.

너무도 놀라운 사실이었다. 리정선은 왜 하필 이때 미 CIA와 망명을 목적으로 접촉하고 있는가. 리정선이 망명을 조건으로 미 CIA와 어떤 흥정을 벌인다면 그것은 분명히 그녀가 가치 있는 정보를 지녔다는 뜻이다. 그녀 혼자만의 망명일 수도, 혹은 그녀의 남편이 포함됐을 수도, 어쩌면 그녀 남편이 오히려 주체일 수도 있다. 리정선의 망명 가능성 타진이 정사용의 죽음과 어떤 연관이 있는가……. 의문이 꼬리를 물고 이어졌다.

모든 의문에 답을 얻는 지름길은 리정선을 직접 만나보는 것이었다. 그러나 이 방법은 너무 큰 위험이 따른다. 잘못되면 그녀가 미 CIA와의 접촉이 노출된 것으로 오해할 수도 있고, 또 실제로 북한의 사회안전부나 소련의 KGB 첩보망에 포착될 수도 있다. 국내에서 할 일을 일단 마무리 지은 다음 리정선과의 접촉 여부를 검토해 보기로 했다. 그렇지만 혹시 급히 행동을 취해야 할 상황을 대비해서 프랑스 주재 소련 대사관에 근무하는 리정선 남편의 파리 주소와 전화번호를 알아놓도록 본부에 요청했다. 그 정도의 정보는 본부에 별로 큰 의심을 불러일으키지 않고 얻어낼 수 있을 것 같았다.

김경철은 다음날 첫 비행기로 부산에 도착해서 충무로 가는 고속 페리호를 탔다. 페리호가 충무에 가까워지면서 여기저기 떠 있는 작은 섬들이 고깃배와 어울려 아름답게 바다를 수놓고 있는 게 보였다. 그곳이 바로 임진왜란 때 일본의 도요토미 히데요시의 군대를 수장한 해전이 일어났던 곳이다.

곧이어 아름다운 2개의 섬이 절벽을 사이에 둔 채 쌍을 이루고 있는 곳에 다다랐다. 절벽 사이에 떠 있는 두 척의 배 위에선 사람들이 장비를 갖추고 스쿠버를 하는 중이었다. 그는 문득 모든 일을 접어두고 그들과 한패가 되어 아름다운 바닷속 풍경을 맘껏 즐기고 싶었다.

충무에 도착한 그는 어렵지 않게 김기순을 찾아냈다. 부두 근처에 일렬로 늘어선 음식점들 중의 하나가 김기순의 식당이었다. '충무김밥'이라는 간판이 붙어 있는 식당 안에는 10개 남짓한 탁자가 놓여 있었다. 바다가 보이는 유리벽 뒤에서 서너 명의 여자가 큰 플라스틱 통에다 잘게 썬 오징어를 무치고 있었다. 그는 갑자기 시장기를 느껴 김밥을 시켰다. 가늘게 만 김밥 몇 줄이 오징어무침, 깍두기, 콩나물국과 함께 나왔다. 그는 김밥을 날라다준 여자에게 김기순 씨가 이 집 주인이냐고 물었다. 여자는 맞다고 하며, 주인은 잠깐 나갔는데 곧 돌아올 거라고 했다. 덧붙여 여기가 진짜 충무김밥 '할매집'이라고 자랑을 했다. 그는 2인분이나 되는 김밥을 맛있게 먹었다. 먹으면 먹을수록 맛이 더했다. 양념을 안 한 김에 싼 담백한 쌀밥도 독특한 맛이 있었지만, 오징어무침과 푹 익은 깍두기가 김밥과 정말 잘 맞았다.

얼마 후에 당당한 풍채의 70세가량의 할머니 한 명이 들어와 문 옆 계산대에 앉았다. 그 할머니가 김기순인 모양이었다. 김경철이 계산대로 가서 음식이 맛있다는 칭찬을 하고는 김기순 씨가 맞냐고 물었다. 고개를 끄덕이는 그녀에게 자리를 옮겨 잠깐 드릴 말씀이 있다고 하자 그녀는 무슨 일이냐고 다소 의아한 표정을 지었다. 그가 자신의 신분을 밝히고 잠깐이면 된다고 재차 부탁하자, 김기순은 얼른 일어나 앞장서서 문을 나섰다.

근처 다방에 자리를 잡자 김경철이 입을 열었다.

"저 몇 가지 여쭤볼 말씀이 있는데요……."

"무슨 말인데요?"

김기순은 뜸을 들이는 그가 마뜩잖다는 눈치였다.

"혹시 정사준이라는 이름을 들어본 적이 있습니까?"

김기순은 잠깐 동안 기억을 더듬는 듯하다 대답했다.

"모르겠는데요. 와요?"

"정사준 씨가 김기순 씨를 안다고 얘기한 적이 있어서요."

"그 사람이 무슨 도둑질이라도 했능교?"

김기순이 약간 불안한 표정을 지으며 물었다.

"그런 건 아닌데, 정사준 씨를 아시지요?"

"그런 이름 가진 사람 만나본 적 없어예."

그가 정사용의 사진을 꺼내 보이며 다시 물었다.

"이 사람이 정사준 씬데, 만나본 적이 없습니까?"

"글쎄요. 잘 기억이 안 나는데, 본 사람 같기도 하고……. 이 사람이 무슨 나쁜 짓이라도 했능교?"

"그런 건 아닙니다. 분명히 정사준 씨는 김기순 씨를 안다고 했거든요."

"그라면 그 사람은 와 같이 안 왔능교? 그라믄 쉬울 끼 아이요?"

김기순의 얼굴에 불쾌하다는 표정이 역력히 드러났다.

김경철은 침묵을 지켰다. 이럴 땐 상대방이 입을 열 때까지 침묵을 지키는 것이 상책이었다.

"슨상님은 정사준이라는 사람과 어떤 사입니꺼?"

"그냥 친구입니다."

"그라믄 슨상님은 누구를 통해서 그 사람을 알았능교?"

"그냥 친구라고 하잖습니까?"

친구라고 했는데도 말꼬리를 잡아 '누구를 통해 알았느냐'고 다시 묻는 것이 귀찮아서 짜증스럽게 말했다.

"낸 아무리 생각해봐도 그런 사람 기억이 안 납니더."

김기순은 그의 얼굴을 빤히 들여다보다가 더 할 말이 없다는 표정으로 자리에서 일어나려 했다. 김경철은 서울 본부와 부산 분실의 전화번호를 주며 생각나는 일이 있으면 전화로 연락을 바란다고 부탁했다.

김경철은 충무에서 부산으로 가는 쾌속정을 탔다. 선창을 통해 보이는 아름다운 다도해를 보며 결국 그가 기대했던 속초와 충무에서의 정보 수집은 실패했음을 알았다. 그들의 태도로 보아 분명 정사용을 기억하고 있는 것 같은데 협조를 거부하는 이유를 파악하기 어려웠다. 금강굴 청명 스님이 북한의 첩보 기관과 연결되어 있을 가능성도 생각해보았지만, 충무의 김기순은 그런 일을 할 수 없으리라는 판단이 들었다. 김기순이 첩보 활동에 연관이 없다면 청명 스님도 마찬가지일 게다. 더구나 정사용이 부고에서 두 사람을 실명으로 밝힌 것만으로도 북한의 첩보 기관과의 연계는 생각하기 어려웠다. 사건의 실마리가 쉽게 풀리지 않을 것 같아 답답했다. 그렇다고 김기순이나 청명 스님을 수사기관으로 연행해 협조하도록 하는 방법도 쓸 수 없는 형편이다. 이 사건의 재조사 자체가 본부에서도 부장, 국장, 자신, 이 세 사람 외에는 일절 모르는 건으로 되어 있기 때문이다.

그는 쾌속으로 질주하는 선체 안에서 청명 스님, 김기순 두 사람과의 만남에서 단서를 찾으려고 처음부터 다시 하나하나 따져보았다. 공통점은 둘 다 정사용이 개명한 '정사준'이라는 이름을 댔을 때는 기억이 안 난다고 부정했으나 정사용의 사진을 내밀자 흠칫 놀라는 표정을 지었다는 것이었다. 그러한 반응으로 보아 정사준이란 이름은 모르지만 얼굴은 기억하고 있다고 단정할 수 있다. 정사용이 또 다른 이름으로 그들과 접촉했을 가능성이 농후하다. 그 밖의 공통점은 곰곰이 생각해봐도 별로 드러나는 게 없다. 단지 '누구를 통해서 알았느냐?'는 질문이 조금 마음에 걸렸다.

그 순간 김경철은 앉은 자리에서 벌떡 일어섰다. 바로 그것이다. '누구를 통해서 알았느냐?'는 질문이 열쇠다. 두 사람 다 정사용을 모른다면서도 느닷없이 그런 질문을 던졌다. 어쩌면 이제 실마리가 풀릴지도 모른다. 그 질문은 누군가와 사전에 약속된 답을 요구한 것이었다. 그 '누가'가 최영실, 리정선, 정지숙이든 또한 엉뚱한 이름이나 친척 중의 한 사람일 수도 있겠지만, 아무튼 그것은 분명 정사용과 그들 사이에 사전에 약속된 이름이 요구된 질문이었다.

그렇다면 추리는 제대로 들어맞는다. 정사용이 이름을 숨기고 청명 스님과 김기순을 직접 만나 그들을 찾아오는 누군가에게 암호를 확인해 그다음 일이 진행되도록 되어 있었던 것이다. 그렇다면 그다음 일이란 어떤 것일까? 정사용은 무슨 이유로 그들 두 사람을 택했나? 무언가 확실하진 않지만 분명히 어떠한 음모가 있다. 정사용이 스스로 목숨을 끊을 정도면 그 음모는 매우 복잡하게 얽혀 있을 게 틀림없다. 김경철은 많은 사람이 다치는 음모가 아니기만을 바랐다.

5.

김포로 향하는 기내에서 김경철은 창밖으로 펼쳐진 뭉게구름을 보다가 문득 어떤 영감이 머리를 스치는 것을 느꼈다. 돈의 행방에 관한 것이었다. 행방이 묘연한 막대한 돈과 청명 스님, 김기순 두 사람이 어떤 관계를 가지고 있으리라는 확신이 들었다.

김경철은 김포공항에 도착한 즉시 본부의 김 국장에게 전화를 걸어 도움을 청했다. 국세청 조사국장의 협조를 요청해달라는 내용이었다.

15분 후 김 국장과 다시 통화를 했다. 국세청 조사국장을 당장이라도 만날 수 있도록 조치했다는 것이었다. 김경철은 곧바로 국세청 조사국장을 찾아갔다.

조사국장은 첫인상으로 보아 믿음이 가는 사람 같았다. 수차례에 걸쳐 조사된 내용이 절대로 내부나 외부에 누설되지 않도록 보안을 철저히 해야 한다는 점을 강조했다. 김경철은 조사국장에게 김기순과 청명 스님의 주소와 성명을 넘겨주며 두 사람 명의의 예금 상황을 체크해달라고 부탁했다. 그리고 예금 액수가 많을 경우 어느 구좌에서 송금되었는지도 파악해줄 것을 요청했다. 조사국장에 의하면 10만 원 이상의 보증수표는 자금의 흐름을 명확히 추적할 수 있다는 것이었다. 현재 컴퓨터로 모든 입출금 업무가 처리되므로 사나흘 정도면 결과가 나온다고 했다.

김경철은 조사국장실을 나와 호텔로 돌아갔다. 본부 자료실에서 전화가 왔다는 메모가 기다리고 있었다. 그는 자료실에 전화를 걸어 정사용의 출입국 상황을 보고받아 종이에 적었다.

| 횟수 | 출국일자 | 입국일자 | 행선지 |
|------|----------|----------|--------|
| 1 | 1977. 8. 29 | 1977. 9. 15 | 파 리 |
| 2 | 1978. 1. 5 | 1978. 1. 13 | 파 리 |
| 3 | 1978. 3. 10 | 1978. 3. 17 | 파 리 |
| 4 | 1978. 9. 2 | 1978. 9. 7 | 파 리 |

최영실의 편지를 꺼내 편지를 쓴 일자와 주요 내용을 방금 메모한 내용 밑에다 적었다.

| 횟수 | 편지일자 | 주요내용 |
|------|----------|----------|
| 1 | 1977. 11. 10 | 편지가 전해질지 모르겠다.<br>리정선을 통해 편지를 전한다. |
| 2 | 1978. 2. 20 | 정사용의 편지를 처음 받았다.<br>리정선을 통해 편지를 전한다. |
| 3 | 1978. 7. 10 | 정사용의 두 번째 편지를 받았다.<br>리정선을 통해 편지를 전한다. |

그는 다음과 같은 결론을 내렸다.

첫째, 정사용은 1회 출국 시 파리에서 리정선을 만난다. 둘은 다시 만나기로 약속한다. 귀국 후 리정선은 최영실에게 정사용을 만나게 되었으니 그에게 보내는 편지를 쓰라고 한다.

둘째, 정사용은 2회 출국 시 파리에서 리정선으로부터 최영실의 첫 번째 편지를 받고 자신의 편지를 전한다.

셋째, 정사용은 3회 출국 시 리정선을 만나 아내에게 보내는 편지를 전해주고 아내의 두 번째 편지를 받는다.

넷째, 정사용은 4회 출국 시 아내의 세 번째 편지를 받는다. 그리고 리정선으로부터 거부하지 못할 지시를 받고 자살을 결심한다.

의문이 꼬리를 물고 이어졌다. 정사용은 어떻게 파리에서 리정선과 만나게 되었는가? 리정선과의 네 번째 만남에서 어떤 일이 있었기에 자살을 하지 않으면 안 되었는가? 도대체 리정선의 진정한 정체가 무엇인가?

그는 호텔 바로 내려갔다. 머리가 깨질 듯이 아팠다. 오늘 밤은 술에 흠씬 취해, 모든 걸 잊고 잠만 자고 싶었다. 그러나 마음 한구석에선 날이 새면 더 좋은 생각이 날지도 모른다는 희망이 떠나지 않았다.

정사용의 그림자를 떨쳐버리려고 무진 애를 썼으나 쉬

운 일이 아니었다. 그는 벌써 진토닉을 네 잔째 마시고 있었다. 남은 술을 단숨에 들이켜도 별로 취하지 않았다. 다시 맥주를 시켜 한 잔을 쭉 마셨다. 몸이 훈훈해지며 취기가 돌았다. 오랜만에 일에서 해방되는 기분에 매우 유쾌해졌다.

스탠드에서 술을 따라주는 젊은 여자에게 앞뒤도 없이 무턱대고 남녀 간의 사랑 중에 어떤 사랑이 가장 아름다운 것 같느냐고 물었다. 손님과의 어떤 대화도 자신 있을 성싶은 30대 초반으로 보이는 여자는 서로를 위해 희생할 수 있는 사랑이라고 대답했다. 그는 그녀의 말이 틀렸다며, 가장 아름다운 사랑은 서로가 만날 수 없는 환경에서 서로를 그리워하는 사랑이라고 혀 꼬부라진 소리로 주절거렸다. 그런 사랑은 너무 비참하다는 그녀 말에, 그는 그 비참함이 아름다운 사랑을 만든다고 말했다. 비참함이 없는 사랑은 진정한 의미의 사랑이 아니라고 했다. 그는 정사용과 최영실의 사랑을 떠올리고 있었다. 술에 취해 지껄이는 말이었지만 그녀도 흥미로워했다.

그녀가 그에게 물었다.

"그런 사랑을 하고 계세요?"

"아니요."

"그럼, 그런 사랑을 해보셨나요?"

"아니, 그런 사랑을 하는 사람을 알고 있어요."

"부러우세요?"

"음, 대단히."

"그럼, 한번 해보시죠."

"누구하고?"

"저하고는 어때요?"

"언제부터?"

"지금부터요."

"자 그럼, 지금부터 우리의 진정한 사랑을 시작할까요?"

그는 눈을 감고 스탠드 안쪽에 있는 그녀에게 입맞춤을 하라는 듯 얼굴을 내밀었다. 물론 스탠드엔 다른 사람도 있었고, 장난기로 부려본 객기에 지나지 않았다. 그러나 놀랍게도 그녀의 입술이 조용히 그의 입술에 맞닿았다. 립스틱을 바른 촉촉하고 부드러운 감촉과 향긋한 머리카락 냄새가 그의 후각을 자극했다. 그는 깜짝 놀라 눈을 떴다. 그녀는 여전히 눈을 감고 있었고 스탠드의 다른 사람들은 놀란 듯 이쪽을 보고 있었다. 그는 다시 눈을 감았다.

"아까 이야기한 사랑 있지요? 아름다운 사랑 이야기요. 들려주세요."

그녀가 그에게서 떨어지며 말했다.

"이곳의 분위기와는 맞지 않네요. 오늘 저녁 내 방으로 오면 밤새 들려줄게요."

"그림, 이따 방으로 갈게요."

"몇 시쯤?"

"일 끝나고 2시쯤."

"혹시 내가 잠들었더라도 문을 열어놓을 테니 그냥 들어와요."

"알겠어요."

"자, 그럼 진정한 사랑을 한 사람들을 위하여……."

그가 잔을 들며 말했다.

"비참하고 아름다운 사랑을 한 연인들을 위하여……."

그들은 술잔을 들고 부딪쳤다.


김경철은 호텔 바를 나와 방으로 올라갔다. 몹시 취해 있었다. 침대에 누웠을 때 정사용에게서 온 편지봉투가 눈에 띄었다. 문득 이상한 생각이 들었다. 어쩌면 정사용이 죽지 않고 살아 있을지도 모른다는 생각이었다. 자살했다는 가정은 군 수사기관이 한 것일 뿐이다. 그 자신은 아직 한 번도 그런 가정을 한 적이 없었고 그 정확성을 따져보지도 않았다. 정말이지 어리석은 처사였다. 그는 내일 정사용의 숙부를 직접 만나봐야겠다고 생각했다.

한참을 꿈속에서 헤매던 그는 매끄러운 감촉에 잠을 깼다. 옆에 누군가 있었다. 머리카락 냄새가 산뜻하고 향기로웠다. 낯설지 않은 향기였다. 그는 손으로 더듬어 보았다. 여인의 알몸이 있었다. 그때서야 잠들기 전 한 약속이 생각났다. 약속을 지킨 그녀가 고마웠고 놀라울 정도로 강한 성욕을 느꼈다. 그는 정말 오랜만에 정열적인 사랑을 했다. 그는 자신을 가졌다. 아직도 사랑을 할 수 있는 정열이 남아 있음을 확인한 셈이다. 자신이 새로운 사랑을 찾아나설 나이가 지났다는 생각은 아주 잘못된 것이라는 믿음이 생겼다. 최영실과 같은 여자를 어디에서 찾을 수 있다면 세상 모든 사람이 부러워할 사랑을 할 자신이 있었다. 그는 흐뭇한 기분으로 다시 잠이 들었다.

부스럭거리는 소리에 김경철이 눈을 떴을 때 시계는 6시를 가리키고 있었다.

"왜, 벌써 가려고요?"

김경철은 침대에 누운 채 화장대 앞에 있는 그녀에게 물었다.

"가봐야지요."

그녀는 화장을 고치며 상냥하게 말했다.

"집 주소를 알려줘요."

"왜요?"

그녀는 거울을 보고 립스틱을 바르며 미소 어린 표정으로 물었다.

"당신에게 예쁜 목걸이를 사서 집으로 부쳐주고 싶어요."

"왜 목걸이예요?"

"당신의 목이 아름다워서."

"저는 무얼 드려야 할까요?"

"기막힌 밤이 내겐 더없이 귀중한 선물이었어요."

그녀는 주소를 적어놓고 그에게로 다가와 살짝 입맞춤을 했다. 그리고 방을 나가면서 손을 흔들며 작별인사를 했다.


그는 다시 잠이 들었다. 꿈속에서 아름다운 최영실을 만났다. 웃음을 짓는 그녀가 자기를 좋아하는 것 같아 가슴이 뛰었다. 그리고 더할 수 없는 행복에 휩싸였다. 이 세상 전부와 바꾸라고 해도 거절할 만한 행복이었다.

# 변신을 위한 되풀이

1.

김경철은 정사용의 숙부인 정희성 의원 사무실에 연락해 비서실장과 통화했다. 스케줄이 꽉 차 있어 며칠 후에야 만날 수 있다는 말에 그는 매우 화급한 일로 10분 정도면 충분하다고 거의 강압적으로 약속을 잡았다.

약속된 시간에 정 의원 사무실에 도착해보니 많은 사람들이 비서실에서 법석대고 있었다. 지역 선거구에서 올라왔을 법한 촌로에서부터 젊은 정치인 지망생처럼 보이는 사람들이 비서실 직원들에게 마치 싸우는 것처럼 자신들의 면담 이유를 설명하고 있었다. 약속 시간이 20

분이나 지났을 때 정 의원이 인터폰으로 차를 대기시키라고 지시했다. 비서실장이 정보부에서 온 김경철 씨가 기다리고 있다고 하자 정 의원은 몹시 짜증스러워하는 목소리로 들어오라고 했다. 비서실장이 그를 안내했다.

의원실에는 혈색이 왕성한 노정객이 상석에 앉아 있었다. 김경철은 바쁜 시간을 내주어서 고맙다는 인사를 하고는 본론으로 들어갔다.

"정사용 씨의 죽음에 관해 몇 가지 여쭈어보려고 합니다."

"물어보이소."

"정사용 씨가 자살을 했다는 풍문이 있는데, 혹 아시는 게 있으면 말씀해주십시오."

정 의원은 어이없다는 듯 그를 빤히 쳐다보았다.

"누가 그랍디까?"

"글쎄요, 여러 곳에서 그런 의심을 하고 있는 것 같습니다."

"정보부에서 그랍디까?"

"그런 것은 아니지만…… 위암에 걸렸다는 거짓 풍문을 고의적으로 퍼뜨리고 다녔다는 정보도 있고 해서……."

"미친놈들……."

118

정 의원은 몹시 못마땅한 표정으로 이마에 굵은 주름을 잡으며 화가 난 음성으로 말을 이었다.

"아 글쎄, 위암에 걸린 기 아이라면 우찌 한 달 사이에 20킬로나 몸무게가 빠질 수 있단 말이오? 내 눈으로 똑똑히 봤고 다른 사람도 다 봤잖소?"

"언제 몸무게가 그렇게 빠졌습니까?"

"죽기 전 한 달 동안이오."

듣고 보니 정희성은 사인을 암이라고 확고히 믿는 모양이었다.

"죽기 전 한 달 동안 집에 쭉 있었나요?"

"글쎄, 한 달 전 갑자기 경기도 어디라 카드라…… 한방으로 암을 고치는 명의가 있다 캐서 거기에 들어간다 카데요. 그래서 거기 얼마간 가 있다가 집으로 돌아와 죽었소."

"한방 치료라니…… 어떤 것이었습니까?"

"글쎄, 내가 쓸데없는 짓이라 캤지만 현대 의학으로는 몬 고친다고 그 뭐라, 쑥뜸을 등에 떠서 고름을 뺀다 카든가, 뭐 그런 거였소."

"누가 그런 처방을 추천했습니까?"

"글쎄, 누가 일러줬는지 모르나 위암을 잘 고친다고 잡지에 났다고 하드군요. 암으로 고생하다가 완치된 사람들이 수기를 썼다 카든데, 그걸 내한테 보여줍디다. 누가 시킨 것도 아이고, 본인이 그래 해보겠다는데 말릴 수도 없고."

김경철은 잠시 지금까지의 대화를 반추한 후 중요한 질문을 던졌다.

"그가 한방 치료를 했다는 곳이 경기도 어디인지 알 수 있을까요?"

"글쎄, 내는 모르겠소. 사촌형제들은 혹 알지도 모르지요. 같이 자주 어울렸으니까요."

그는 고맙다는 인사와 함께 그곳을 나왔다.

그러나 정사성에게 전화를 걸어 정사용이 다녔던 한방 치료소의 위치를 물어도 모르기는 마찬가지였다. 알 만한 사람이 친척 중에 없겠느냐고 물어도 미망인이라면 모르지만 친척 중에는 달리 없다고 했다.

마음이 별로 내키지 않았지만 김경철은 미망인한테 전화를 걸었다. 그녀의 퉁명스러운 음성이 김경철의 이름을 대자 갑자기 상냥하게 변했다. 그녀의 억지 플라스틱 웃음이 떠올랐다. 그가 용건을 말하자, 남편은 자기에게도 일절 그곳을 방문도 못하게 하고 위치도 알려주지 않았다는 것이었다.

그는 전화를 끊고 곰곰이 생각해보았다. 위암에 걸린

중환자가 한 달 가까이 치료를 받았던 장소를 가족에게도 알리지 않았다면 예삿일이 아니다. 단순히 가족들이나 친척들이 찾아오는 병문안이 귀찮아서 그랬으리라는 추측도 납득이 가지 않았다. 더구나 사업을 하는 사람이 한 달 동안이나 자리를 비우며 연락처를 비밀로 하는 건 보통 일이 아니다. 김경철은 정사용이 대표로 있던 회사 중 가장 큰 회사에 연락해 전무와 만나기로 했다. 대표 자리는 아직도 비어 있었다.

김경철은 정사용의 회사에서 전무와 마주 앉았다. 대화를 나누는 중에 눈시울이 뜨거워지는 듯 전무는 가끔씩 고개를 돌렸다. 정사용과 생전에 매우 가까운 사이였던 모양이다. 김경철은 평소에 사업 관계로 정사용을 알았지만 인간적으로도 매우 가깝게 지냈다고 말하고 나서, 정사용이 죽은 후의 회사 형편을 슬쩍 물어보았다. 예상했던 대로 김 회장은 정사용이 죽기 몇 달 전부터 그를 회사에서 손떼게 하려고 집요하게 노력했다는 것이다.

정사용 명의로 된 주식을 평가액의 10분의 1도 안 되게 인계하도록 여러 방도로 압력을 넣었으며, 몇 달 전에는 부사장으로 자기의 인척을 들어앉혀 경리를 독점 관장해왔다고 했다. 그러면서 전무는 마지막으로 웃음을 띤 채 정사용이 자신의 명의로 된 주식을 김 회장도 모르게 경쟁자에게 매각한 사실을 이야기하며, 정사용이 사업에 대단한 소질과 배짱을 지녔다고 자랑스럽게 말했다. 그리고 지금 김 회장 쪽에서 정사용에 대해 이를 갈고 있으나 비정상적인 정치자금이 유출된 약점이 있어 어쩌지도 못할 형편이라는 것이다.

김경철은 전무의 말을 중단시킬 수가 없어 계속 듣고 있었다. 한참 후에야 정사용이 죽기 전 경기도 어느 곳의 한방 치료소에 있다 왔는지 아느냐고 물었다. 그는 전혀 모른다고 하며, 정사용이 하루에 한 번씩 반드시 사무실이나 집으로 전화 연락을 취해왔다고 했다.

김경철은 실망만 안고 회사를 나왔다. 택시를 잡으려고 서 있던 그는 불현듯 다시 뛰어들어갔다. 그리고 전무에게 정사용의 차를 몰았던 기사를 만나게 해달라고 부탁했다. 잠시 후 20대 중반으로 보이는 기사가 들어오자 전무에게 자리를 좀 피해달라고 했다. 정보부라는 말에 기사는 흠칫하며 부동자세를 취했다. 그가 위압적인 자세를 취하며 자리에서 일어서자 기사도 따라 일어나려는 걸 어깨를 눌러 자리에 앉혔다. 그리고 기사가 앉은 의자 뒤쪽으로 가서 그의 어깨에 손을 얹은 채로 물었다.

"정 사장님을 모셔다 드린 데가 경기도 어디지?"

기사가 대답 대신 고개를 돌려 그를 쳐다보려고 하자 그는 어깨를 잡은 손에 힘을 주었다. 대답이 없자 힘을 조금 더 주었다.

"수원요."

"수원, 어디?"

"경성고등학교 근처에 있는 단식원입니다."

"그곳에서 얼마 동안 계셨나?"

"3주 정도 계셨습니다."

"그사이 그곳에서 나온 적은 없으시고?"

"거기 들어갈 때 모셔다 드리고 나오실 때 집으로 모셔다 드렸습니다."

"정 사장님이 당신에게 절대로 아무에게도 그 장소를 말하지 말라고 그랬지?"

"……."

"그랬어? 안 그랬어?"

"그랬습니다."

"누구한테 말한 적 있나?"

그때서야 기사는 뒤를 돌아보며 말했다.

"절대로 안 했어요. 목숨을 걸고 말씀드릴 수 있습니다."

"자넨 좋은 청년이야……. 앞으로도 절대로 말하면 안

돼. 알았나?"

"네."

"그럼 가보게."


김경철은 곧장 수원으로 갔다. 경성고등학교 부근에서 단식원을 물으니 학교 뒷산에 있다고 했다. 길을 따라 올라가니 나무숲 속에 병원처럼 지어진 2층 건물이 있었다.

책임자가 외출 중이라 간호복을 입은 직원을 만났다. 지난 한 달 동안 입원한 사람들 중에 정사준이라는 사람이 있었느냐고 문의하자, 그녀는 입원자 명단을 한참 뒤적이더니 그런 사람이 없다고 말했다. 입원할 때 주민등록증이나 신원을 확인하느냐는 물음에 그런 절차는 생략한다고 했다. 이유를 묻는 간호사에게 김경철은 자기는 정사준의 친구인데 단식원이 좋다고 해서 근처에 온 길에 들러본 것이라고 둘러댔다. 그는 단식원의 전화번호를 적은 다음 지역 전화국으로 갔다.

단식원의 시외 전화통화 명세서를 본 결과 누군가가 단식원 전화를 사용해 정사용의 회사로 거의 매일 전화통화를 한 사실이 확인되었다.

김경철은 꿈틀거리는 무서운 음모의 일각을 보는 것 같아 진저리가 쳐졌다. 그는 좀 더 확실한 윤곽을 얻고

자 국세청 조사국장에게 전화를 걸었다. 청명 스님과 김기순에 대한 조사 의뢰의 진전 여부를 물으니 놀랍게도 두 사람 이름으로 거액의 예금이 그곳 지방 은행에서 포착되었으며, 서울 구좌에서 송금이 되었다는 것이다. 서울에 있는 구좌와 송금한 모든 구좌를 포함한 자금 추적이 완료되는 데는 4, 5일이 더 필요하다고 했다.

　김경철은 근처 다방에 들어가 조용한 구석 자리를 잡았다. 몸이 으스스 떨려왔다. 그는 실제로 어떤 일이 일어났었는지 추리해보았다. 정사용이 자신의 이름을 숨기고 청명 스님과 김기순을 만났으며, 그들에게 거액을 송금해 누군가에게 그 돈을 전하도록 꾸몄을 것이다. 그리고 단식원에 들어가 몸무게를 20킬로나 줄여 누구라도 암에 걸렸음을 의심하지 않게 하고 실제로 자살했을 것이다. 그리고 부고를 통해 지정인에게 청명 스님과 김기순이라는 사람한테 돈을 맡겨놓았다고 알린 것이다. 그 지정인은 '누구를 통해'의 그 '누구'일 것이다. 신문지상의 부고를 통해야만 김기순과 청명 스님이라는 사람을 알려줄 수 있다면 그 지정인은 정상적인 통신 수단에 제한을 받는 지역에 거주하거나 또는 그런 신분일 것이다. 그렇다면 그 지정인은 공산국가, 특히 정사용과 관련 있는 북한 지역의 인물이 아니겠는가. 그런데 무엇 때문에 막대한 재산을 북한 공작원에게 주려 했는가?

그리고 북한에 충성을 하기 위해서라면 왜 자살을 택했을까?

여전히 의문이 꼬리를 물고 이어졌다.

그러나 한 가지 의문은 풀렸다. 정사용이 주식을 매각한 거액의 자금이 행방을 드러낸 것이다. 그 자금은 청명 스님과 김기순이라는 두 사람이 보관하고 있다. 이 자금이 예상한 대로 지정인에게 보내진다면 그 지정인은 북한 정보원일 것이다. 그렇다면 자금을 몰수해서 국가에 귀속시키든지 법적 상속인에게 돌아가게 해야 한다. 자금의 용도가 어느 정도 윤곽이 잡힌 이 단계에서 본부에 보고해서 적절한 조치를 취해야만 한다. 물론 본부에서 그 자금을 지정인을 체포하기 위한 미끼로 그대로 둔다는 결정을 할 수도 있다.

다음 순간 정사용이 목숨을 희생하면서까지 꾸민 일을 이렇게 쉽사리 깨뜨려도 되겠는가 하는 일말의 회의가 들었다. 그리고 자신은 그런 권리를 갖고 있는가, 권리가 있다 하더라도 인간적으로 올바른 행동인가 하는 생각이 그를 괴롭혔다. 그가 신이 아니고 인간인 이상 자신 있는 판단을 내릴 수 없었다.

그는 좀 더 확실히 판단이 서기까지 보고하는 것을 미

루기로 했다. 이 일은 정사용에게 그의 마음을 직접 들어야만 판단을 내릴 수 있는 문제다. 그러나 얼마나 불가능한 일인가. 김경철은 차선책으로 자신을 정사용의 위치에 놓아보았다. 그는 철저히 정사용이 되어 정사용의 입장에서 그의 마음을 추리해보았다.

정사용은 자신에 대해 잘 모르는 두 사람에게 막대한 자금을 맡겼다. 친인척이나 아는 사람을 택할 수도 있지만 혹시 들통이 나면 방조죄로 걸리기 때문이다. 그러나 선택된 두 사람은 그의 신상에 대해 아무것도 모르니, 죄가 성립될 수 없다. 가장 양심적인 두 사람을 택해야 했다. 마침 신흥사의 스님과 충무에서 음식점을 하는 할머니가 가장 양심적인 사람으로 보였다. 혹시 일이 잘못되어 돈을 지정인에게 전해주지 못해도 그 돈을 의미 있게 쓸 사람들이라 생각했을 것이다.

이제 준비는 다 되었다. 남은 일은 위암에 걸려서 죽은 걸로 되어야만 남한의 가족이나 친척들에게 피해를 주지 않는다는 것이다. 그러기 위해서는 진짜 암에 걸린 것처럼 주위 사람들을 감쪽같이 속여야 한다. 우선 몸무게를 20킬로쯤 줄여야 한다. 그리고 쉬운 방법으로 죽자.

한 가지 마음에 걸리는 것이 있다면 부고를 내는 일이다. 그래야 약속한 대로 북한에 연락이 된다. 부고를 내도록 유언장에 당부를 해야겠다. 그런데 지금의 아내는 믿을 수 없다. 나의 유언을 무시할 수도 있다. 그러면 아내가 아닌 다른 사람에게도 부탁해놓아야겠다. 누구를 믿을 수 있을까? 김경철이 가장 믿을 만하다. 그리고 평양의 아내로부터 받은 편지는 항상 옆에 간직하고 싶다. 이것도 김경철에게 부탁해야겠다. 이제 할 일은 단식원으로 들어가는 것뿐이다.

생각이 여기에 미치자 김경철은 얼른 자리에서 일어났다. 그는 다방을 나와 택시를 타고 다시 단식원으로 향했다.


2.

단식원에 도착한 후 간단한 입원 수속을 했다. 입원 수속이래야 성명과 주소, 그리고 특기할 만한 병력을 기입하고 일주일 입원비로 10만 원을 내니 끝났다. 간호사가 혈압과 몸무게를 쟀다. 혈압은 110/80, 몸무게는 68킬로그램……. 간호사는 매우 정상적이라며 감탄하는 듯이 무슨 운동을 하느냐고 물었다. 과거 10년 동안 운동이라고는 한 적이 없다고 말했다. 몸무게가 정상인데 단식을 하는 이유가 무엇이냐는 간호사의 질문에 그는 단식을 한 어떤 사람의 심정을 알고 싶다고 말했다. 간호사는 농담으로 받아들이며 더 이상 묻지 않았다.

그는 12개의 침대가 두 줄로 늘어선 넓은 방으로 안내되어 침대와 철제 옷장을 지정받았다. 남자 직원이 허름한 운동복 상하의, 물주전자, 목욕 수건과 함께 하루에 한 스푼씩 먹으라며 마그네슘이라고 씌어진 흰 액체가 들어 있는 병을 갖다주었다. 김경철은 양복을 벗어 옷장에 걸면서 속주머니에 정사용의 편지가 있는 것을 확인했다.

운동복으로 갈아입은 후 서울 호텔에 전화를 걸어 며칠 동안 방을 비우겠다고 통보를 했다. 자기를 찾는 전화가 오면 단식원으로 곧 연락을 해달라고 단단히 부탁했다. 그는 단식원 도서실에서 『단식에 의한 치료(Cure by Fasting)』란 책을 빌려와 침대에 누웠다. 그러고는 속으로 '나는 정사용이다. 나는 정사용이다'라고 여러 번 되뇌었다.

주위를 돌아보니 아무도 없었다. 간호사가 모두 오후 산책을 나갔다고 한 말이 기억났다. 그는 정사용이 되어 평양에 있는 아름다운 아내를 그려보았다. 지금쯤 평양 대극장 소도구실은 저녁 공연을 위한 소도구 손질에 한창 바쁠 시간이다. 그는 또 정사용의 딸을 상상했다. 지금쯤 무엇을 하고 있을까.

서산으로 기우는 햇살이 창문을 통해 그의 얼굴을 비추었다. 그 빛이 기분 좋게 따뜻해 몸이 나른해지면서 그는 잠이 들었다.

주위의 떠들썩한 소리에 김경철은 눈을 떴다. 얼마를 잤는지 어디 먼 곳에 오랫동안 갔다 온 기분이었다. 그는 침대에서 일어나 산책에서 돌아온 입원자들과 통성명을 했다. 매우 비대한 몸집의 20대 청년이 있는가 하면 금방 쓰러질 것만 같은 칠십 노인도 있었다. 청년이 그에게 왜 입원을 했느냐고 물었다. 그는 장이 나빠서 단식으로 고치려고 한다며 거짓말을 했다. 청년에게 입원한 이유를 물으니, 자기는 의과대학 졸업반으로 미국 대학병원에 인턴으로 가려고 하는데 몸무게가 일정선을 넘으면 받아주지 않아서 줄여야 한다고 했다. 묻기가 송구스러워 옆 침대의 칠십 노인에게 고개만 돌렸더니, 노인은 10년 전 단식으로 고혈압을 고치고부터 매년 1, 2주씩 단식을 해왔다고 말했다.

김경철은 허기를 잊으려고 침대에 누워 책을 읽기 시작했다. 그러나 갑자기 한 페이지를 끝내기도 전에 벌떡 일어나 원장을 찾았다.

40대 초반으로 보이는 원장은 야무지게 다듬어진 체

격을 가진 사람이었다. 그에게 정사용의 사진을 보여주
었다.

"아, 김 선생님이시군요."

원장은 매우 반가운 표정을 지었다. 역시 정사용은 가
명으로 입원했던 것이다.

"제 친구지요."

"그래요! 참 재미있는 분이었지요."

"그 친구가 이 단식원이 좋다고 소개를 해서 왔습니
다."

"참 재미있게 지냈지요. 항상 웃으시면서, 세상에 근
심 걱정이 없는 분 같았어요. 인내심도 대단하고요."

"그 친구가 이곳에서 무슨 일로 소일하며 지냈습니
까?"

"책을 많이 읽으시더군요."

"어떤 책을 읽었는지 기억이 나시나요?"

"네, 그럼요. 철학 관련 서적들을 많이 읽으셨어요."

"철학 서적을요? 주로 누구 책이었나요?"

"칸트와 쇼펜하우어 책을 많이 읽으시더군요. 특히 쇼
펜하우어 책을 탐독하시는 듯했어요. 김 선생이 가져왔
던 책들을 두고 가셨습니다. 단식원 도서실에 있으니 필
요하시면 갖다 드리지요."

"네, 그렇게 해주시면 고맙겠습니다."

김경철은 스스로 정사용이 되기 위해 가능한 한 그가 했던 그대로 따르기로 했다. 정사용이 봤던 책을 읽기로 한 것이다.

"정…… 아니, 김 선생이 이곳에 얼마간 있었나요?"

김경철이 다시 물었다.

"21일간 단식하셨어요. 대단한 의지를 가진 분입니다."

"단식하는 이유는 뭐라고 합디까?"

"위가 나빠서라고 하시더군요."

"21일간 먹은 것은?"

"하루에 생수 두 컵 정도 외에는 일절 없었지요."

"몸무게는 얼마나 줄였습니까?"

"하루에 평균 1킬로씩 줍디다."

"20킬로 정도 줄었을 텐데 건강 상태는 어땠습니까?"

"혈압이 워낙 심하게 떨어져서 여러 번 단식을 중단하라고 권했지요……. 그렇지만 그럴 때마다 늘 웃으면서 계속했습니다."

"이곳에서 다른 사람은 보통 며칠씩 단식을 합니까?"

"일주일 정도지요. 아주 비대한 사람은 2주간 하는 경우도 있습니다만, 21일은 기록이지요."

"얼마 동안 단식을 하면 위험합니까?"

"의학적으로 하루에 물만 두 컵씩 마시면 두 달도 견딜 수 있습니다."

"물을 안 마시면요?"

"보통의 경우 15일을 넘기지 못합니다."

"물은 각자 마시나요?"

"그렇지요."

"그 친구, 이곳에서 다른 사람과 똑같이 행동했습니까?"

"물론이지요. 아주 모범적이고 재미있는 분이었어요."

김경철은 우선 정사용처럼 21일씩이나 단식을 할 수는 없더라도 얼마간 단식을 해보기로 마음을 먹었다. 정사용의 생활 속으로 들어가서 그의 마음을 읽어내려는 생각이었다. 그런 다음에야 비로소 올바른 결정을 내릴 수 있을 것 같았다.

그 결정이란 정사용이 처분한 재산의 행방에 대해 그대로 덮어두거나 반대로 전부를 송두리째 뒤집어버리거나 둘 중 하나일 것이다. 정보요원으로 맡은 바 책임을 충실히 완수해야 하지만 이 사건에는 단순한 임무 수행의 차원을 넘은 무엇이 있다. 더구나 정사용과는 자수한 이후 3개월의 심문 기간과 그 이후에도 많은 대화를 주고받으며 서로 마음을 터놓고 지냈던 사이였다.

정사용은 죽기 전 이 세상에서 가장 믿을 수 있는 한 사람으로서 자신을 택했다. 부고에 관한 부탁과 자신의 무덤에 묻어달라고 최영실의 편지까지 보낸 것으로 보아서 그에 대한 정사용의 믿음이 얼마나 깊은 것인가 이해할 수 있었다. 그리고 무엇보다도 정사용과 최영실, 그들 두 사람의 알 수 없는 강한 힘에 끌리는 자신을 어쩔 수가 없었다.

저녁이 되어 김경철은 같은 방에 있는 사람들과 텔레비전을 보았다. 그는 아침에 호텔을 나서기 전 마신 커피 한 잔 이외에는 아무것도 먹은 게 없음을 그때서야 깨달았다. 오늘따라 드라마에 먹는 장면이 너무 많이 나왔다. 시어머니에게 과일을 깎아주는 며느리가 괜히 밉살스러웠고 밥을 한입 가득 넣고 된장찌개를 흘리면서 퍼먹는 남자 주인공이 지저분하게 보였다.

주위를 둘러보니 여러 사람이 침대에 누워 책을 읽든지 타월을 어깨에 메고 샤워장으로 가고 있었다. 옆에서 무심한 얼굴로 텔레비전을 보는 사람에게 무슨 냄새가 나지 않느냐고 물었더니 사람들의 몸에서 나는 악취라고 했다. 단식을 한 지 이틀이 지나면 심한 악취가 나기 시작하니 아침저녁으로 자주 샤워를 하라고 말해주었다.

그는 일어나서 샤워장으로 갔다. 견디기 힘들 정도의 악취가 복도에서부터 비위를 건드렸다. 그는 세차게 흐르는 물줄기 아래에서 음식 생각을 떨쳐버리려고 애썼다.

방에 돌아오니 원장이 보내온 여러 권의 책이 침대 머리맡에 놓여 있었다. 정사용이 즐겨 읽었다던 칸트와 쇼펜하우어의 책들을 부분적으로 번역한 것들이었다.

그는 침대 속으로 들어가 머리맡에 불을 켜고 칸트의 책을 폈다. 신의 존재 유무를 장황하게 쓴 글이었다. 철학자들이 전개하는 형이상학적 이론은 참으로 이해하기 힘들었다. '인생은 자신 앞에 다가오는 사물로써 창조한 잘 정돈된 꿈에 지나지 않고, 꿈을 꾸기를 중단하면 모든 사랑, 고통, 슬픔에 찬 이 세상이 존재하지 않게 된다'는 구절이 인상적이었다.

다른 책도 대충 훑어보았다. 쇼펜하우어의 글 중 '자살론'이라는 제목이 눈에 띄어 그곳부터 읽기 시작했다. 그는 자기도 모르게 작가의 이론에 흠뻑 빠져 들어가 배고픔도 완전히 잊어버렸다. 궤변적 논리 전개도 있었으나 곳곳에 그가 생각하지 못했던 진실이 내포된 이론도 있었다. 어떤 구절이든지 작가의 높은 지적 수준을 인정치 않을 수 없었다. 한참을 읽어가다가 특히 시선이 집중되는 부분이 있었다.

'누구든 이 세상에서 다른 무엇에 대해서보다 자기 자신과 자기의 생명에 대해 보다 더 큰 권리를 가지고 있다는 것은 무엇보다 명백한 사실이다.'

너무나도 공감되는 구절이었다. 다시 생각해보니 이 세상에서 자기 마음대로 할 수 있는 것은 오로지 자기가 가지고 있는 생명밖에 없다는 데 공감했다. 그러한 면에서는 자기의 생명을 숲에 있는 쓸모없는 나뭇가지 꺾기보다 더 부담 없이 꺾을 수 있을 법했다.

그는 확연한 논리 전개에 심취되어 계속 읽어나갔다. 그의 가슴에 와 닿는 또다른 구절이 있었다. 로마 시대 학자의 말을 인용한 부분이었다.

'인생이라는 것은 어떤 희생을 치르면서라도 연장시켜야 할 만큼 가치가 있다고는 생각되지 않는다……. 그러므로 자연이 인간에게 부여한 선물 중에서 시기에 맞는 죽음보다 더 훌륭한 것은 없다는 사실…….'

2천여 년 전에 전개한 이 인생론이 현재에도 훌륭하게 적용될 수 있는 것에 놀랐다. '시기에 맞는 죽음'이 자연사가 될 확률은 매우 적을 것이다. 오히려 전쟁터에서 맞는 죽음이 훨씬 시기에 맞는 죽음 같았다. 상상할 수 있는 시기 중에 가장 나쁜 시기에 맞이하는 죽음이 아마 자연사일 거라는 생각이 들었다.

인생의 가치를 적절한 수준에 놓아두고 시기에 맞는 죽음을 택할 권리를 침해당하지 않는 이상 인생을 겁낼 필요가 없을 것 같아 마음이 홀가분해졌다. 인생의 가치를 필요 이상으로 높이 평가하고 시기에 맞는 죽음이 권리가 아니라 사는 게 의무라고 받아들이는 사고의 큰 오류를 현재까지 범해온 셈이다.

김경철은 읽던 책을 덮고 똑바로 누워 천장을 바라보았다. 연극에 쓰일 소도구를 어루만지며 멀리 있는 남편을 그리워하는 최영실의 애틋한 모습이 그의 눈앞에 어른거렸다. 누구에게도 해를 끼치지 않을 두 사람을 갈라놓은 세상이 원망스러웠다.

방 안을 둘러보았다. 여러 사람이 잠을 못 이루고 뒤척거리고 있었다. 그는 일어나 정사용이 보낸 봉투를 꺼냈다. 불 밑에서 최영실의 편지를 천천히 다시 읽어보았다. 본부 자료실에서 찾은 최영실의 사진과 정지숙의 사진도 봉투 안에 들어 있었다. 사진을 꺼내 두 여자를 유심히 보았다. 세상의 어느 남자라도 자랑할 만한 아내와 딸이었다. 그런 아내와 딸을 가졌다면 그들을 위해서 어떤 희생이라도 할 수 있을 것 같았다. 김경철 자신은 그런 딸을 가졌다고 할 수 있으나 아내는 결코 그렇다고 말할 수 없었다. 그는 첫 번째 편지를 다시 읽어나갔다. '소도구 하나하나에 당신의 손때가 묻어 있을 것'이라는 구절에서 그는 더없는 행복을 느꼈다.

그는 불을 끄고 잠을 청했다. 먹은 게 없어서 그런지 정신이 점점 맑아오며 도저히 잠을 이룰 수 없었다. 먹는 장면이 자꾸만 눈앞에 그려졌다. 그게 싫어 방금 읽은 구절을 되새겨보았다.

자기의 생명을 마음대로 할 수 있는 권리, 인생에 대한 적정한 가치관, 시기에 맞는 훌륭한 죽음…… 모든 것이 이론적으로는 너무나 간단명료하고 옳았다. 그러나 한 가지 중요한 요소를 제거함으로써 간단명료하게 결론을 내릴 수 있었던 것이다. 그것은 가족이라는 요소였다.

그 가족이라는 집단이 권리를 앗아가고 가치관을 흐리게 한다. 가족이라는 거울에 비친 자신의 모습은 그들에게 녹아서 스며들고 흔적조차 없어지고 만다. 석기시대의 가장은 적어도 맹수로부터 가족을 보호하고 먹이를 제공하는 존재였으나, 자신은 가족에게 그런 역할도 할 수 없다. 현대의 많은 가장들은 가족에 대해 현금 지급기 역할을 하고 있으나 자신은 그 역할조차 제대로 못하고 있지 않은가.

밤이 깊어가는데도 잠이 오질 않았다. 조금 전까지도

잠 못 이루어 뒤척거리던 다른 사람들도 모두 꿈속으로 간 듯 가는 숨소리만 들렸다. 창틈으로 가끔씩 들려오는 바람 소리와 숨소리가 좋은 조화를 이루었다. 겉으로는 무슨 이유를 내세웠든 단식을 함으로써 고행을 해야 하는 사람들의 숨소리다. 그들과 한 방에 누워 있다는 게 위안이 되었다.

잠이 안 올 때 억지로 자려고 하는 노력이 오히려 방해가 된다는 말이 떠올랐다. 그는 다시 불을 켜고 책을 펴들었다. 『죽음에 관하여』라는 쇼펜하우어의 책이었다. 몇 장을 넘기다 밑줄 친 부분이 눈에 띄었다. 그 옆 여백에 정사용의 필체가 분명한 '불변의 진리'라는 글씨가 씌어 있었다. 섬뜩한 기분이 들었다. 그는 밑줄 그어진 구절을 읽었다.

'금욕 고행은 시간적인 의식의 부정이며, 쾌락 추구는 그것의 긍정이다…… 금욕 고행의 최고도의 것, 즉 시간적 의식의 전적인 부정은 스스로의 의지에 의한 기아사다…….'

신경 마디마디에 냉기가 스쳤다. 바로 정사용은 기아사를 시도했고, 또한 성공했던 것이다. 그것도 같이 고행을 결행하는 동료들과 웃으면서. 기아사…… 금욕 고행의 최고도의 것. 정사용은 자신에게 세상에서 가장 큰 고통을 주기로 마음먹었음에 틀림없다. 무슨 이유 때문에 그런 결심을 했을까? 무슨 이유 때문에 그 결심을 실행으로 옮겼을까?

어느새 강한 햇살이 들어와 눈이 부셨다. 모두들 자리에서 일어났다. 방에 커튼을 달지 않는 이유를 알았다. 해가 뜨면 단체로 산책을 가는 사람들을 깨우기 위해서다. 커피 생각이 그를 몹시 괴롭혔다. 아침에 일어나 커피를 마셔야지만 심장이 다시 뛰기 시작하는 것 같은 오랜 습성이 그를 힘들게 했다.

원장의 인솔로 십 수 명이 새벽 공기를 마시며 논두렁을 따라 걸어갔다. 그들은 될 수 있는 대로 건강이나 가족에 관한 대화만을 하려고 했다. 그러나 조금만 주의를 게을리하면 곧바로 대화가 음식 쪽으로 자연스럽게 흘러갔다. 그럴 때마다 대화의 말머리를 의식적으로 얼른 돌렸다. 원장은 시골길을 걸으며 사람이 생명을 유지하는데는 세 가지가 필요한데, 그것은 공기와 물과 음식이라고 했다. 그들은 그 세 가지 중 맑은 공기와 오염되지 않은 생수를 섭취하고 있으므로 당분간 음식을 먹지 않더라도 건강을 유지할 수 있다는 것이다. 설득력 있는 주장이었다.

40분 정도 걸린 산책에서 돌아와 아침을 먹을 마음의 준비를 하고 있다가 다음 순간 아무것도 먹을 수 없는 처지를 깨닫자 서운한 마음이 들었다. 먹는 데 시간을 쓰지 않으니 감당하기 어려울 정도로 시간 여유가 생겼다. 그렇다고 정신을 집중해 일할 게 있거나 책을 읽을 상태도 아니었다.

지루할 때쯤 원장이 요가를 시작할 시간이라고 알려줬다. 모두들 매트가 깔려 있는 방으로 몰려갔다. 그곳에서 원장을 따라 여러 가지 요가 자세를 배웠다. 벽에 기대어 머리를 대고 물구나무를 서기도 하고 이상한 모양으로 불편하게 앉은 자세를 취하기도 했다.

점심시간이 조금 지났을 즈음에는 창문으로 들어오는 따스한 햇빛을 받으며 잡담으로 시간을 보냈다. 각자가 나름대로의 건강법을 그 방면 최고의 전문가인 양 떠들었다. 새로 입원한 50대 초반의 남자가 말문을 열었다. 지방 신문사 편집국장으로 있다가 별다른 이유 없이 하루아침에 직장을 그만둔 사람이었다. 그는 그 후 지난 3년 동안 양봉으로 생활했다면서 꿀벌의 생태를 흥미롭게 들려줬다. 그리고 또 현재의 언론계에 만연한 젊은 기자들의 무원칙하고 비윤리적인 기자 정신을 질타했다. 그러한 풍조를 견딜 수 없었던 게 직장을 그만둔 이유라면 이유였고, 지금은 아카시아꽃, 유채꽃, 밤꽃을 따라 전국의 심산유곡을 찾아다니는 양봉업이 속 편하다고 했다. 이것이 그의 생애에서 가장 잘한 결정이었다고 확신한다고도 했다. 한 가지 문제라면 벌통을 지키다가 자연에 취해 소주를 너무 가까이한 게 탈이었다고 고백했다. 양봉 생활을 계속하려면 위를 고쳐야겠기에 여러 가지약을 썼으나 효력이 없어 단식이라도 해본다는 것이었다.

옆에서 귀담아듣던 비대한 몸집의 의대생이 소주를 적게 마시면 되지 않느냐고 거들자 그는 소주를 마시지 않고 무슨 재미로 사느냐고 받아넘겼다. 그리고 덧붙였다.

"유대인의 성전인 탈무드에 이런 말이 있어요. '술병이 없는 집안에는 약병이 많이 있게 되어 있다'고요. 나는 그 말을 믿지요."

"위와 대장 내시경을 한번 해보시지요. 아주 간단한 검사입니다."

의대생이 포기하지 않고 다시 말했다.

"하면 뭐해요? 위나 대장에 혹이 있으니 검사를 해보자고 할 거고, 혹시 암으로 변할 수 있으니 떼어내는 수술을 하자고 할 거고."

"그럼, 수술을 해야지요."

"우리 나이에는 대개가 위나 대장에 혹이 있어요. 그리고 나는 그런 예방의학을 믿지 않아요."

"왜요?"

의대생이 항의하듯 말했다.

"그때부터 투병생활이 시작되는 거예요. 단순히 목숨 부지하려고 사는 것일 뿐이지요."

"참 위험한 생각을 하시는군요."

"한 인간이 몸속에 지닌 혈관 길이가 얼만 줄 알지요?"

"……."

"10만 킬로가 넘어요. 태평양을 건너갔다 오는 거리지요."

"관절이 몇 개인 줄 알아요?"

"……."

의대생은 불편한 표정을 지으며 침묵으로 일관했다.

"100개가 넘지요. 거기다가 뼈는 200개가 넘고 근육은 600개가 넘어요. 한 인간의 몸은 하나의 완벽한 우주이지요. 그래서 한 인간은 일단 세상에 태어났으면 무시하지 못할 존재가 되는 거예요. 이것이 평등사상의 기본이고 민주주의의 기본이지요."

"그것하고 현대의학하고 무슨 상관이에요?"

의대생이 따지듯 물었다.

"기껏해야 100여 년 역사를 지닌 현대의학이 수억 년에 걸쳐 진화된 인간의 몸을 안다고 하는 건 잘못이에요. 거기다가 기껏해야 2, 30년 공부한 의사가 칼로 인간의 몸을 휘젓는 것은 실수예요. 인간은 자생치유 능력이 있어요. 현대의학의 과잉치료가 방해하지 않는다면요."

의대생이 화가 났는지 입을 꾹 다문 채 아무 대꾸도 하지 않았다.

그러자 이번엔 사람들이 김경철에게 무엇 때문에 단식을 하느냐고 물어왔다.

"기아사를 한번 시도해보려고요."

모두들 눈이 휘둥그레졌다.

"아니, 그게 아니고…… 기아사한 사람의 심정을 알아보려고요."

그들과 떨어져 책을 읽던 칠십 노인이 돋보기안경을 벗어들고 그들이 모여 있는 쪽을 보며 물었다.

"왜? 부친께서 6 · 25 때 돌아가셨나?"

엉뚱한 질문을 받고 어리둥절한 김경철에게 노인이 다시 말했다.

"전쟁 때는 워낙 먹을 음식이 귀해서……."

그때서야 말귀를 알아듣고 김경철은 미소로 넘겼다.

"의학적으로 단식을 하면서 물을 마시지 않으면 얼마나 견딜 수 있을까요?"

김경철은 젊은 의학도를 향해 질문을 던졌다.

"건강 상태에 따라 현격한 차이가 날걸요."

"보통 건강이라면…… 나 정도 나이에, 나 정도 정상적인 건강상태라면?"

"글쎄요, 7일이나 10일 정도 지나면 생명을 지탱하기 곤란할 거예요. 보통 4일 정도면 정상적인 사고 능력은 상실된다고 하죠."

그는 적어도 4일 동안은 물을 마시지 않고 견디기로 마음먹었다. 정상적인 사고 능력을 상실해야만 정사용의 가슴속으로 들어갈 수 있을 것 같아서였다.


저녁식사 때쯤 다시 원장을 따라 산책을 나섰다. 이번에는 새벽에 산책했던 반대 방향으로 갔다. 산책에서 돌아와서는 각자가 샤워장으로 가서 관장을 해야 된다고 했다. 두 컵의 물 이외에는 먹은 게 없으나 관장을 해야만 위 속에 남아 있는 찌꺼기를 배출시킬 수 있다는 설명이었다. 그렇게 함으로써 위를 깨끗하게 하고, 단식을 계속함에 따라 더 깨끗해지고 작아진 위를 단식 후 새로운 식이요법으로 길들인다는 것이었다. 그러나 그는 물도 마시지 않았으므로 관장은 하지 않았다.

산책 덕택인지 그날 저녁은 쉽게 잠이 들었다. 꿈속에서 김경철은 사람의 그림자 하나도 보이지 않는 평양 시가지를 걸어가고 있었다. 얼마를 걷다가 평양대극장 문으로 들어섰다. 정적 속에 묻힌 텅 빈 객석에 자리를 잡고 어두컴컴한 무대에 시선을 보냈다. 푸른색 노동자복 차림에 권총을 든 채 혼자서 무대 위에 서 있는 최영실이 보였다. 무대에 설 수 없는 그녀가 무대가 그리워, 아니 볼 수 없는 남편이 그리워 혼자서 몰래 연기를 하고 있었다. 그녀의 대사가 들려왔다.

'소도구실에는 당신이 얘기한 〈붉은 기를 휘날리며〉라는 극에 사용한 권총이 그대로 있어요.'

그녀가 손에 든 권총을 들어 보였다.

'오늘 아침 그것을 찾아보았어요. 당신이 이야기한 대로 방아쇠 고리에 J. S. Y.라고 작은 글씨가 새겨져 있더군요. 그것이 영어로 당신 이름의 첫글자라는 것을 알고는 혼자서 웃었어요.'

그녀가 고개를 젖히고 소리 높여 웃었다. 사랑에 빠진 여자만이 웃을 수 있는 천진난만하고 행복한 웃음이었다. 그녀의 웃음소리는 계속되었다. 그렇게 영원히 계속되기를 그는 바랐다. 웃음이 가라앉으려 하자 그가 객석에서 일어나 '브라보'를 외치며 무대를 향해 박수를 보냈다. 무대 위에서 웃고 있던 최영실이 웃음을 멈추었다. 그녀가 무대 앞으로 걸어나와 그가 있는 곳으로 시선을 보냈다. 김경철은 마음속으로 '나요! 당신이 사랑하는 나요! 당신을 찾아 이렇게 왔소'라고 소리쳤다. 그녀가 무대에서 통로로 내려왔다. 그가 통로로 나가 두 팔을 벌렸다. 그녀가 그를 향해 달려오고 있었다. 달려오는 그녀를 맞을 준비를 하며 그는 자신이 세상에서 가장 행복한 남자라고 확신했다.

순간 그는 꿈에서 깨어났다. 참을 수 없는 복통이 찾아왔기 때문이었다. 꿈속에서나마 그녀를 포용할 수 없었음이 더없이 안타까웠다. 통증은 점점 심해져갔다. 그는 고통을 참으려고 이를 악물었다. 다음 순간 그는 고통을 철저히 받아들이고 싶었다. 본능적으로 통증이 사라지기를 갈구하면서도 마음으로는 계속되기를 바랐다. 그러한 고통이라도 받아야만 잠시나마 가족을 잊었던 죄책감에서 얼마간 벗어날 수 있을 것 같았다. 그의 뱃속에서 오장육부가 서로 엉켜서 꿈틀거리며 쥐어짜는 고통을 만들어내고 있었다. 한번 꼬인 오장육부는 영원히 풀수 없을 매듭으로 느껴졌다. 앙다문 이 사이로 그 고통을 짓씹었다. 식은땀이 줄줄 흘러 눈을 떠봐도 앞이 희미해서 보이지 않았다. 그러한 고통의 저편에 꿈속에서 본 외로운 그녀의 모습이 다시 순간순간 깜빡거렸다. 그녀에게 속죄가 된다면, 그리고 고통으로 하나가 될 수 있다면 이쯤은 각오가 돼 있다, 라고 김경철은 속으로 울부짖었다. 그들을 잊어버린 데 대한 무서운 죄책감이 몰려왔다. 그는 자신도 모르게 정사용이 되어 있었다.

고통스러운 신음 소리가 입 밖으로 새어나왔다. 그 신음이 다른 사람들을 곤한 잠에서 깨웠다. 주위 사람들이 원장을 불러왔다. 원장은 김경철의 증세를 보고 간단한 진단을 내렸다. 지시한 대로 마그네슘 한 모금을 매일 마시지 않아서 생긴 증상이라고 했다. 음식물을 섭취하지 않은 위에서 계속 산이 분비되어 과산 현상으로 인한 복통이라는 것이다. 원장이 시키는 대로 주위 사람들이 마그네슘을 두어 모금 김경철의 입에 넣었다. 얼마 후에 김경철은 복통이 가라앉은 듯 깊은 잠에 빠졌다.


단식 3일째 되는 날 아침에 몸무게를 재보니 4킬로가 조금 넘게 줄었다. 혈압을 재본 간호사가 혈압이 정상치 이하로 떨어졌다며 고개를 갸우뚱거렸다. 간호사는 그가 물도 일절 마시지 않은 사실을 모르고 있었다. 새벽 산책을 하면서 김경철은 원장과 대화를 나누었다.

"원장님, 정…… 아니, 김 선생이 단식원에 입원한 후 복통을 일으켜 고통을 받은 적이 없었나요?"

그가 앞을 보고 무심히 던진 질문에 원장은 갑자기 걸음을 멈추고 그를 돌아보았다. 그리고 의아한 표정을 지으며 말했다.

"김 선생도 입원한 지 3일 만에 복통을 일으켰지요. 선생이 어제 당한 것보다 심했어요. 정신을 잃고 헛소리를 했을 정도니까요."

"복통을 일으킨 이유는요?"

"선생처럼 지시한 대로 마그네슘을 마시지 않아 위산 과다 증상이 생긴 거예요."

"헛소리라면, 무슨 말을 했나요?"

원장은 다시 발걸음을 옮기면서 잠시 생각한 후 말문을 열었다.

"글쎄요. 말귀를 잘 알아들을 수는 없었지만 여자 이름을 들먹이며 연신 미안하다고 중얼거리더군요."

"그 여자 이름을 기억하시나요?"

"전혀요."

"한 사람이었던가요?"

"한 사람은 아닌 것 같았어요."

"혹 영실이나 지숙이라는 이름이 아니던가요?"

"글쎄요……."

몇 발자국 옮긴 후 원장은 웃음을 머금은 표정으로 다시 말했다.

"워낙 잘생기고 호탕한 성격을 가진 분이라 여자들이 많이 따랐겠지요."

원장의 말귀를 못 알아들어 잠시 머뭇거리던 김경철이 곧 웃으며 말했다.

"워낙 잘생긴 사람이라……."

그들은 산책에서 돌아와서 다시 요가를 했고 그 후에도 잡담으로 시간을 보냈다. 김경철은 스스로도 이해할 수 없는 변화를 느꼈다. 자신도 모르게 매우 호탕한 성격을 가진 양 주위 사람들과의 대화에 참여했다. 자신이 매우 단순하고 쾌활한 성격의 사람으로 변모해가고 있음을 어렴풋이 느꼈다.

대화가 어느 정도 진전된 이후에도 사람들은 먹는 이야기로 일관했다. 음식 이야기를 애써 피하기보다 드러내놓고 다가올 희망을 바라보는 게 더 좋은 방법임을 이심전심으로 터득하게 된 것이다. 양봉하는 사람은 삶은 돼지고기를 된장, 생마늘과 함께 상추에 싸서 먹을 때의 진미에 대해 떠들었다. 이어서 김경철이 햅쌀밥에다가 된장을 찍은 풋고추와 잘 담은 게장을 곁들여 먹는 참맛을 주절거렸다. 처음에 원망의 눈초리를 보내던 사람들이 모두 군침을 삼키며 희망에 찬 눈빛으로 변했다. 양봉하는 사람은 나중에 자기를 찾아오면 모두에게 멧돼지 고기를 대접하고, 김경철은 게장을 잘하는 식당에서 대접을 하겠다고 약속했다.

그들은 화제를 정치 쪽으로 옮겨갔다. 성년이 되고부터 한마디라도 적게 하고 한마디라도 많이 듣도록 훈련된 김경철은 별 의미 없이 떠벌리는 자신의 모습에 스스로 놀랐다. 더더욱 놀라운 것은 그렇게 조심성 없이 떠벌리는 일이 의외로 매우 기분 좋다는 사실이었다. 원래가 내성적인 성격인 데다 정보요원으로 훈련된 그에게는 상상하기 어려운 변화였다. 현재의 그에게는 기회가 있을 때마다 누구에게나 주절대는 것이 상대방에게 베풀어야 하는 최소한의 예의로 여겨졌다. 그러지 못했던 과거의 자신이 건방진 사람으로 느껴졌다. 김경철은 이제껏 경험하지 못했던 새로운 세상이 자신 앞에 열리는 것 같았다. 그는 그 신세계에 강한 매력을 느꼈다.

3.

김경철이 단식원에 온 지 나흘째 되는 날이었다. 그는 마그네슘 외에는 물 한 방울도 마시지 않았다. 밤이 되어 눈을 감고 잠을 청하고 있자니 갑자기 목구멍에서 껄끄러운 게 치밀어 화장실로 뛰어갔다. 변기에 대고 심하게 기침을 해댔다. 연탄 가루를 뭉쳐놓은 듯한 반 캐럿 정도의 새까만 덩어리가 쏟아졌다. 수십 년 동안 식도에 묻어 있던 담뱃진이 단식을 함으로써 뭉쳐 나온 결정체일 것이다. 그러나 김경철에게 그런 의학적인 해석은 별개의 문제였다.

그것은 정보원으로 길들여진 자신의 영혼이었다. 그는 새까만 덩어리로 나온 자신의 영혼을 본 것이다. 그 영혼은 아내로부터 사랑을 받지 못하는 불쌍한 영혼일 뿐 아니라 가까운 친척이든, 마음을 털어놓아야 할 친구든 간에 모든 사람들을 믿지 못하도록 훈련된 기계와 같은 영혼이었다. 그러한 영혼의 색깔은 검을 수밖에 없으리라. 그 검은색 영혼을 떠나보내자 육체는 홀가분했고 정신은 맑아졌다. 새 생명을 얻었다 해도 이토록 개운하지는 못하리라.

그는 다시 침대로 돌아와 천장을 보고 누웠다. 조금도 배가 고픈 줄을 몰랐다. 그러나 생전 처음으로 느껴지는 강렬한 두통이 찾아왔다. 금방이라도 머리가 두 쪽으로 깨질 것 같은 고통이었다. 고통을 참으려고 시선을 창문으로 보냈다. 봄비답지 않게 쏟아지는 빗줄기가 세차게 창문을 때리고 있었다. 창문을 타고 흘러내리는 물무늬에 평양에 있는 아내의 모습이 아련히 그려졌다. 사진으로만 본 그리운 얼굴이었다. 딸과도 떨어져 혼자 살아야 하는 아내의 모습이 떠오르자 슬픔이 가슴을 짓눌러왔다. 당장이라도 모든 것을 떨치고 그들에게 달려가 외로움을 달래주고 싶은 마음이 간절했다.

누구의 잘못으로 사랑하는 가족들이 헤어져 지내야 하는가. 그는 그리움을 더 이상 견딜 수 없었다. 벌떡 일어나 노트를 꺼내 아내에게 편지를 쓰기 시작했다.

보고 싶은 당신과 지숙에게

창문을 내리치는 빗방울이 당신의 뺨에 흐르는 눈물이 되었소. 당신의 외로움을 내가 몽땅 가질 수 있는 길이 있다면 나는 그 길이 어떠한 가시밭길일지라도 기쁜 마음으로, 이 세상 모든 사람이 들을 수 있도록 큰 소리로 웃으며 걸어가겠소.

어떠한 고난이 있더라도 우리 둘이 조금만 참고 이겨나

갑시다. 그래서 우리가 만났을 때 우리를 갈라놓은 모든 사람에게 웃어 보입시다. 몸부림치도록 당신이 그립다고 하면 어른스럽지 못하다고 야단할까 두렵소. 그러나 오늘 밤처럼 비가 오는 날이면 어쩔 수가 없소.

무슨 일이 있어도, 어떠한 짓을 해서라도 당신 곁으로 달려가겠소. 세상 누구도, 어떠한 이유도 우리를 헤어지게 할 수는 없소. 우리가 합쳐졌을 때 우리를 갈라놓은 모든 사람을 관대히 용서하겠소. 그리고 그때부터는 아무것도, 정말로 아무것도 바라지 않겠소. 그래도 나는 세상에서 가장 행복한 사람이 될 거요. 당신과 함께 있으니까요.

더 늦기 전에 달이 있는 밤을 당신과 함께 지낼 수 있다면, 해가 떠 있을 땐 죽도록 일하겠소. 일하면서 당신과 둘이 보낼 밤을 생각하겠소.

먼 훗날 저녁노을을 바라보는 우리의 나이 든 모습은 마치 한폭의 그림과 같을 거요. 마지막으로 우리가 헤어져야만 할 때는 내가 먼저 당신을 떠날 거요. 떠난 나를 생각해줄 당신이 필요하니까요.


김경철은 단숨에 써내려가다 마지막 줄에 가서 멈칫했다. 극심한 두통은 씻은 듯이 사라졌다. 발신인을 어떻게 적어야 할지 망설여졌다.

그때 단식원의 남자 직원이 침실로 들어와 호텔로부터 전화가 왔다는 메모를 전해주었다.

그는 발신인을 쓰지 않은 편지를 노트 갈피에 끼워놓고 단식원 사무실로 갔다. 그곳에서 호텔 데스크로 전화를 했더니 미국에 있는 가족에게서 전화가 왔었다고 했다. 사무실 직원의 양해를 얻고 다이얼을 돌렸다. '헬로' 하는 아내의 목소리가 들렸다.

"무슨 일이야?"

정희성이라는 사람한테 또 편지가 왔다는 말에 '소인이 며칠로 돼 있어?' 하고 물었다. 지난번 정사용이 보낸 편지와 동일한 날짜였다. 그렇다면 이번 편지는 정사용이 배편으로 보낸 것이다. 정사용은 무엇 때문에 시일이 오래 걸리는 배편으로 보냈을까? 시간이 흐른 후에 처리해야 할 부탁일 거라고 짐작했다.

편지는 전처럼 즉시 대사관 외교 행낭을 이용해 전달해달라고 일렀다. 용건이 끝나 전화를 끊으려는데 아내가 물었다.

"당신 그곳에서 재미 좋아요?"

다분히 빈정대는 투가 귀에 거슬렸다. 아무 대답이 없자, 그녀가 다시 말했다.

"나도 이곳에서 내 멋대로 살기로 했어요. 그래도 괜

찮죠?"

빈정대는 아내의 목소리가 다시 들렸다.

"맘대로 해. 언제는 멋대로 하고 살지 않았어?"

김경철은 자신의 목소린지 아닌지 분간할 수 없을 생소한 고성을 자신의 귀로 똑똑히 들었다.

"당신은 뭘 잘했다고 큰소리예요. 돌아오면 말하려고 했는데 잘됐네요. 변호사가 당신한테 서류를 보낼 거예요."

그는 아내의 말이 채 끝나기도 전에 전화를 끊었다. 변호사가 보낼 서류의 내용은 짐작할 만했다. 그의 결혼 생활이 막다른 길에 이른 것이다. 그러나 그는 이상스러우리만치 마음의 동요가 없었다. 그의 머릿속은 평양에 있는 최영실로 꽉 차 있었다.

그는 침대로 돌아가자마자 깊은 잠에 빠졌다. 아내가 이혼하겠다고 말하는 장면만 수십 번 되풀이하는 꿈을 꿨다. 무엇이든 상관치 않았다. 완전히 정사용이 되어 오로지 그가 느꼈던 것을 그대로 느끼고 싶을 뿐이었다.


이틀 후 산책에서 돌아오니 단식원 사무실에서 정보부원이 봉투를 들고 기다리고 있었다. 봉투의 봉함이 훼손되지 않았음을 확인한 후 정보부원을 돌려보냈다. 김경철은 그 봉투를 들고 자기 침대에 걸터앉았다. 정사용의 체취가 그곳에 묻어 있음을 직감했다. 예상했던 대로 지난번 받은 봉투와 같은 날짜의 소인이 찍혀 있었다. 겉봉투를 뜯으니 전과 마찬가지로 또 하나의 봉투가 나왔다. 그 속에 2장의 편지가 있었다. 그는 편지를 읽어내려갔다.

김형!

오늘 2장의 편지를 써서 하나는 항공편으로 보내고 남은 이 편지는 배편으로 보내니 지금부터 한 달 후쯤 김형께서 읽으시리라 믿습니다.

김형이 이 편지를 받으실 때쯤 저는 다른 곳에서 김형께 여러 가지 폐를 끼치게 되어 미안한 마음을 가지고 있을 겁니다. 그런 줄 알면서도 거듭 폐를 끼치는 무례를 너그러이 용서해주시기 바랍니다. 다름 아니라 파리 주재 소련 대사관에 근무하는 고리키 씨의 부인인 리정선이라는 북한 여자에게 다음과 같은 내용을 국제전화로 연락해주십시오.

'약속한 대로 두 가지 일은 잘 처리했습니다. 저희 온 가족이 리정선 씨에게 입은 은혜는 결코 잊을 수 없을 겁니

다. 이 세상이 아닌 곳에서라도 은혜를 갚도록 하겠습니다.'

끝으로 김형과 김형 댁에 늘 행운이 깃들이기를 바라겠습니다.

정사용 올림

추신: 죄송하지만 한 가지 더 부탁드리겠습니다. 다음 두 분에게 저의 죽음을 알리고 동봉한 예금증서를 전해주십시오. 이 두 분은 저와 같이 의용군으로 참전하여 전사한 전우의 유가족들입니다. 한 분은 전우의 어머니이고, 한 분은 재혼한 미망인입니다.

김경철은 정사용의 편지에서 눈을 떼 먼산을 보았다. 붉게 물든 하늘을 뒤로하고 너무나 무심하게 버티고 있었다. 편지에서 언급된 두 가지 일이란, 자금 조성과 정사용의 자살이 분명하다. 예상했던 대로 정사용의 자살은 리정선의 지시에 의한 것이리라. 무슨 이유였을까? 정사용의 변절에 대한 단순한 보복으로? 그렇다면 10년 동안이나 기다린 이유가 무엇인가?

리정선에게 직접 물어보는 수밖에 없다.

한편 리정선이 망명을 하려는 이유가 밝혀졌다. 정사용의 부고가 약속한 대로 신문에 게재되지 않았으므로 그를 자살케 하려는 리정선의 공작이 실패했다고 판단했을 것이다. 그 실패 책임을 피하려고 망명을 계획하고 있다. 그들이 망명하면 정사용의 가족은 어떻게 될 것인가. 답은 뻔했다.

어떠한 짓을 하더라도 리정선의 망명을 중지시켜야 한다. 리정선을 만나 정사용이 약속한 대로 자살을 했으며 약속한 공작금도 준비되었다고 알려주면 리정선이 망명을 하지 않을 수도 있다. 그러나 현실적으로 불가능한 일이다. 미 첩보 기관에서 리정선의 약점을 잡은 이상 그대로 흘려버릴 리가 없다. 리정선의 망명 의도를 이용해 그녀에게 간첩 활동을 강요하든지 어떤 다른 방법으로 리정선 부부를 이용하려 들 것이다. 리정선도 이 점을 모를 리가 없다. 그렇다면 결국 무슨 일이 있어도 망명을 하려 들지 않겠는가……. 방법은 하나밖에 없다. 리정선을 죽이는 것이다. 이 시점에서는 리정선의 죽음만이 최영실 모녀를 살릴 수 있는 유일한 방법이다.

리정선을 죽이고 김경철 자신이 망명해 정사용의 '영웅적인 죽음'을 북한 당국에 알려줌으로써 정사용 가족을 살리는 것이다.

갑자기 골이 깨지는 듯한 두통이 찾아왔다. 두 손으로 머리 양옆을 으스러지도록 눌러댔다. 식은땀이 흘러내려 눈앞이 보이지 않았다. 김경철은 아픔을 참으려고 이를 악물었다. 그러나 자신도 모르게 신음 소리가 꽉 다문 어금니 사이에서 흘러나오고 있었다. 자신의 신음 소리를 들었다고 생각하는 순간 그는 정신을 잃었다. 김경철이 정신을 잃기 전 마지막 결심은 리정선을 죽여 그녀의 망명을 막고 오히려 자신이 북한으로 망명하는 것이었다.

눈을 뜨자 생소한 병실에 누워 있었다. 곧이어 들어온 간호사가 '이제 깨어났군요' 하고 말하며 수원 시립병원이라고 알려줬다. 포도당 병을 교체하면서 간호사가 그에게 밤 12시에 혼수상태에서 입원해 12시간 만에 눈을 떴다고 했다. 입원할 때 혈압이 60으로 떨어져 회복이 불가능할 줄 알았는데 다행히 빠른 속도로 회복되고 있다고 말해주었다.

창밖에는 가랑비가 뿌리고 있었다. 비가 그치면 나뭇잎들은 더욱 푸르러지고 산뜻한 봄 날씨가 기다리고 있을 것이다. 그러나 어쩐지 그러한 서울의 봄 날씨를 맞을 수 없을 것 같았다. 아니, 틀림없이 맞지 못할 것이다. 평양의 봄 날씨도 비슷하기를 바랐다. 그는 이미 평양으로 가 최영실과 만나기로 결심했다.

그는 정사용의 편지를 다시 읽었다. 그리고 전화로 본부에 연락해 프랑스 주재 한국 대사관에 파견된 정보부원을 통해 그곳 소련대사관에 근무하는 고리키의 부인인 리정선이라는 북한 여자의 근황에 대해 정보를 수집해 알려달라고 요청했다.

6시간 후에 걸려온 전화 회신은 이러했다. 리정선이라는 여자는 4주 정도 예정으로 카이로에서 열리는 국제회의에 참석하는 남편을 따라 얼마 전에 출국했다는 것이었다. 카이로에 머무는 동안 리정선의 망명은 불가능할 것이라고 김경철은 추측했다. 미국 측이 이 시기에 제3국과 외교적인 복잡한 분쟁을 원하지 않을 뿐 아니라 이집트 정부의 태도도 예측할 수 없기 때문이었다.

김경철은 일단 약 4주의 시간을 벌어놓은 셈이었다. 오히려 카이로에서 기회를 만들어 리정선을 죽이는 것이 파리에서보다 안전할 것 같았다. 카이로에서 리정선을 죽인 후 북한 대사관이 있는 중동 국가로 가서 망명을 요청하는 계획을 머릿속에 그려보았다.


김성수 국장이 근심 어린 표정으로 병실로 들어섰다. 김 국장은 김경철의 이마를 만지면서 간호사에게 혈압 상태를 묻고 자리를 비켜주기를 청했다. 둘만 남자 김 국장이 말문을 열었다.

"무슨 뚱딴지같은 생각으로 단식원에 들어갔나?"

정확한 대답을 캐려는 물음이라기보다는 단순히 어리석은 행동을 질타하는 질문이었다.

"며칠 시간이 있던 참에 소화가 안 되는 데는 단식이 좋다고 친구가 추천해서……."

"자네는……."

김 국장은 '어처구니없는 사람이야'라는 말꼬리를 잘라 먹었다. 잠시 침묵이 흐른 후 국장은 다시 말을 이었다.

"특기할 만한 사항이라도 있었나?"

"아니오, 아직 없습니다."

"자살 가능성 여부와 40억의 행방에 대해서는?"

"정사용의 숙부를 만나보니 죽기 한 달 전 몸무게가 20킬로나 빠졌다는 걸로 보아 위암이 사인인 것 같습니다……. 현재까지 조사한 바로는 그렇다는 말씀입니다."

혹시나 김 국장이 그가 알아낸 사실을 이미 알고 있을지도 모른다는 생각에 빠져나갈 틈을 마련해두고자 '현재'라는 조건을 달았다. 그러나 김 국장은 별로 놀라는 기색이 아니었다.

"40억은?"

"정사용 명의의 주식 총시가가 매각하면 40억 정도 된다는 풍문에서 나온 것 같은데…… 조사해보니 정씨 명의로 되어 있기는 하나 실제 소유한 주식이 아니라 김 회장이 주식을 위장 분산하는 방도였고, 그가 소유한 주식도 약간은 있었겠지만 상속세나 증여세를 절세하려고 죽기 전 가족에게 분산했다고 봅니다. 끝까지 추적하면 자세한 명세를 끄집어낼 수 있겠지만 이것은 세금 문제인 것 같아 더 이상 추적 조사를 하지 않았습니다."

"알았네."

김 국장이 조사 결과에 대해 조금도 실망하는 눈치를 보이지 않는 게 놀라웠다. 그러나 다음 순간 그 이유가 이해되었다.

"일이 잘됐네. 군 수사부 사령관과 부장님이 수일 전 극적으로 화해하는 바람에 정사용 건은 더 이상 문제 삼지 않게 되었네."

"그래요? 잘됐군요."

"자네의 수고는 부장님이 고마워하시네."

잠시 침묵이 흘렀다.

"한 가지 부탁이 있습니다."

김경철이 입을 열었다.

"뭔가?"

"한 달 동안 개인적인 시간을 가졌으면 합니다."

"이유는?"

"서울의 어머님을 당분간 모시고 싶기도 하고…… 국내 여행도 다니면서 머리를 좀 식히고 싶습니다."

"좋도록 하게. 한 달 후부터 근무하도록 조치해놓을 테니 염려 말고."

김 국장은 악수를 하고는 방을 나갔다.


김 국장이 방을 나서자 간호사가 그에게 다가와 담당의사가 보자는 말을 전했다. 담당의사실은 긴 복도 끝에 있었다.

문을 열고 들어서는 김 국장에게 담당의사가 악수를 청했다. 그리고 곧바로 다른 손에 들고 있던 진찰 기록 차트를 건네주었다.

"무슨 뜻인지 잘 모르겠는데요……."

기록을 훑어본 김 국장이 담당의사에게 진찰 기록 차트를 다시 건네주며 이해가 되지 않는다는 표정을 지어 보였다.

"이해하기 힘드시겠지요. 간단히 설명드리겠습니다."

담당의사의 말에 국장은 잠자코 듣고만 있었다. 시간 낭비를 하지 말고 빨리 요점을 말하라는 요구가 무언중에 있었다.

"환자는 심한 정신분열증을 앓고 있습니다. 환자의 경우 이중인격, 즉 'Split Personality' 증상이 심합니다. 퇴원 후 빠른 시일 내에 정신과 전문의에게 찾아가도록 하십시오."

김 국장은 일면 놀라면서도 다른 한편으로는 부쩍 호기심이 생겼다.

"이유는 무엇이며 증상은 어떻습니까?"

"이유는 여러 가지가 있을 수 있습니다만…… 오랫동안 다른 사람이 되고자 하는 열망이 어느 순간 현실로 나타나는 경우가 가장 많지요. 환자의 경우에는 무리한 단식으로 충격을 받아 그러한 분열이 나타났으리라 판단됩니다."

"증상은요?"

담당의사의 설명이 채 끝나기도 전 김 국장이 말을 재촉했다.

"정상적인 사고를 하다가도 가끔 전혀 다른 사람처럼 생각하고 행동하게 되지요."

"알았습니다. 여러 가지로 고맙게 생각합니다."

김 국장은 손을 내밀어 담당의사와 악수를 했다. 한 달 기간이 있으니 김경철이 돌아올 때까지 충분한 시간이 있다고 판단되었다.

4.

김경철은 천장을 바라보며 지난 일주일을 돌이켜보았다. 단식원에 들어온 첫날부터 사흘째까지는 기억이 났다. 그러나 나흘째부터는 기억이 희미했다.

이혼을 하려고 한다는 아내의 말이 생각났다. 꿈을 꾸었는지 실제로 일어났는지 명확하지 않았다. 단식원에 전화를 해서 자신이 국제전화를 한 사실을 확인하고서야 아내의 말이 사실이라는 것을 알았다. 그는 다시 국제전화를 신청했다. 아내의 목소리가 들렸다. 시차 때문에 혹시 아내를 깨운 게 아닌가 하는 미안한 생각이 들었다.

"혹시 자는 거 깨우지 않았어?"

"괜찮아요."

매우 쌀쌀한 음성이었다.

"며칠 전 얘기한 거……."

아내의 말을 기다렸으나 침묵이 흘렀다.

"당신이 얘기한 대로 하는 게 좋을 거 같아."

김경철이 다시 말했다.

"고맙네요, 이해해줘서……."

빈정대는 말투였다.

"수지는 어떻게 하지?"

"내가 맡아야지요. 수지한테 물어봐도 마찬가지일 거예요."

아내는 조금도 주저하지 않고 자신 있게 답했다. 둘 사이에 잠시 침묵이 흘렀다.

"이혼 수속이 끝나려면 얼마나 걸릴까?"

"……."

김경철의 물음에 아내는 아무 대답을 하지 않았다.

"한 달 내에 틀림없이 끝내도록 합시다."

김경철은 '한 달'이라는 말에 힘을 주고 전화를 끊었다. 그에게 1개월은 중요한 의미를 가진다. 김 국장에게도 한 달간의 시간을 얻었던 것이다.

1개월…… 그는 그동안 하지 못했던 효도를 하기로 마음먹었다. 어머니를 모시고 효도 관광을 하며 걱정스러운 얼굴의 어머니가 아니라, 환하게 웃는 어머니를 보고 싶었다. 국민학교 소풍길에 도시락을 들고 따라오며 연신 웃던 그때처럼 어머니와 둘이서 여행을 하고 싶었다. 어머니가 돌아가시기 전까지 미소 지으며 기억할 수 있는 일들을 만들어야 했다.

1개월…… 그동안 태어나서 이루어진 모든 인연을 끊어버려야 한다. 그가 보낸 인생을 대변해주는 길거리 구석구석 돌아보며, 이런저런 모양으로 얽혀 있는 친구와 동료들과의 관계도 되돌아보아야 한다. 무교동의 낙지집, 장충동의 족발집도 없어지기 전에 가봐야겠다. 그리고 영원히 다시 못 볼지도 모르는 한반도 반토막을 구석구석 돌아보아야겠다.

그는 지난 40년의 인생을 샅샅이 뒤집어보고자 했다. 부모님에게 그는 어떤 아들이었는가. 만약 나 같은 아들이라면 아들을 갖고 싶겠는가 하고 자문해보았다. 조금도 망설이지 않고 부정적인 답이 나온다. 어린 시절 아스라한 기억의 한쪽에는 누구 못지않게 부모와 주위의 사랑에 흠뻑 젖어 있었던 날들이 반짝인다. 그러나 국민학교, 중학교 시절은 억압적인 학교 분위기 속에 특별히 행복했다는 기억이 없었다. 그저 계절의 변화와 함께할 뿐 나이에 어울리지 않게 성숙할 필요도 없었다. 고교 시절엔 상상의 나래를 펴고 자신만의 세계를 창조하기도 했으며, 대학 입시란 극심한 경쟁에서는 열등감이 가져다주는 깊은 상처를 용케 피하고 때로는 승리의 도취감에 취할 수도 있었다. 성숙과 고뇌의 대학 시절과 학보병 시절은 꿈같은 사랑에 빠져 구름 위를 날아보기도 했으며 자신만의 깊숙한 고뇌에 빠져 야릇한 행복과 달콤한 우월감을 즐기기도 했었다.

그 이후 덧없이 흘러간 세월은 아내와 같이 보낸 시간

이었다. 아내는 누구 못지않게 생에 대한 의욕이 가득 찬 활달한 여자다. 아내에게 인생의 가치는 표면적으로는 가장 광범위하게 받아들이는 척도로 결정되었다. 나이에 비해 얼마나 젊어 보이느냐, 누가 테니스나 골프를 가장 잘 치느냐, 누가 유머를 가장 적절히 구사하는 두뇌 회전이 빠르냐 등이었다. 그러한 면에서 그녀는 훌륭한 여자였다. 대부분의 보통 남자에게는 꿈같은 여자였다.

그러나 그가 원하는 여자는 세상 물정을 자신 있게 요리할 수 있는 아내와 같은 여자가 아니라 세상사를 숙명처럼 받아들이는 최영실과 같은 여자다. 아마 그녀는 분명히 한 남자의 사랑만을 바라며 사는 여자일 것이다.

아내는 완벽했다. 아니, 거의 완벽에 가깝다는 표현이 적절할 것이다. 아내는 친구들 앞에서나, 동료들과 있을 때나, 공식 행사거나, 외국인 이웃과 있을 때나 늘 어떻게 행동해야 할지 정확히 알았고 또 실수 없이 행동했다. 아내는 아름다웠고 생동감이 있으며 적어도 겉으로는 매우 지적이었다. 아내는 쉽게 미소 지었고 다른 사람의 실수에 매우 관대했다. 그가 별다른 이유 없이 잠자리를 멀리할 때는 침대에 그가 좋아하는 향수를 뿌리고 선정적인 잠옷을 걸치는 적극성도 보였다. 그렇지만 아내에게 한 가지 빠진 게 있었다. 그것은 바로 순진성이었다. 그가 목마르게 갈구하는 그 순진성이 아내에겐 없었다.

그는 사막 한가운데서 갈증을 느끼는 것처럼 지금의 상황이 참으로 견디기 어려웠다. 허식 속에 빠져 허우적거리는 느낌이었다.


5.

다음날, 며칠 더 치료를 받아야 한다는 의료진의 만류도 뿌리치고 김경철은 퇴원을 고집했다. 그는 양복을 입었다. 양복은 놀랄 만큼 헐렁했다. 거울에 비친 얼굴은 유난히 광대뼈가 돋아났고 이마에 주름이 잡힌 모습이었다. 손등도 핏기가 없어 새하얗고 윤기마저 없어 우글쭈글했다. 몸무게가 6킬로밖에 줄지 않았는데 외모는 낯설 만큼 변해버렸다. 바지 허리춤이 헐렁해서 아랫배를 만져보았다. 청년의 배처럼 군살 없는 배가 느껴졌다.

기분이 몹시 좋았다. 지난 15년 동안 축적해온 냄새 나는 비곗덩어리를 몽땅 제거해버린 셈이다. 그는 자신이 생겼다. 지금부터는 육체적인 것은 물론 정신적인 어떤 고통도 감당해낼 수 있는 힘이 솟을 것만 같았다. 그 힘으로 지금까지 자신도 모르게 저지른 무수한 잘못들을 씻고 그 빚을 갚아나갈 참이다. 지금까지 자신의 몸에 지녔던 오만이 사라지고 겸손만 남은 것처럼 느껴졌다. 사람들 틈바구니에서 그저 편한 마음으로 살아나갈 수 있을 것 같았다.

그는 서울 호텔에 도착하기 전 백화점에 들렀다. 백화점 귀금속 코너에서 목걸이를 고르는데 디자인이 썩 마음에 들지 않았다. 그중에서 용무늬가 새겨진 목걸이를 샀다. 자신이 용띠이므로 그런대로 의미를 찾을 수 있었다. 속물적인 소유욕이 여전히 자신의 몸속에서 꿈틀거리는 것이 싫지 않았다.

그는 호텔에 도착하자 곧장 지하에 있는 바로 향했다. 층계를 내려가면서 하룻밤을 지낸 여자의 이름을 기억하려고 노력했다. 은경? 그렇다. 은경이 맞을 것이다.

문을 열고 바 안을 두리번거리다 내실 같은 곳에서 나오는 그녀와 눈이 마주쳤다. 그녀는 멈춰 서서 멍한 눈으로 그를 바라만 보았다. 자신이 누군지 기억을 더듬고 있으리라는 생각이 들자 순간 자신이 그 여자가 상대하는 수많은 남자 중의 하나일지도 모른다는 사실에 매우 실망했다. 다음 순간 그녀가 생각났다는 듯이 반가운 미소를 지었다. 그제서야 그도 한눈에 알아보기가 힘들 정도로 변한 자신의 모습을 떠올렸다. 그는 어색한 미소를

지으며 그녀 앞에 목걸이가 든 상자를 내밀었다. 열기를
망설이는 그녀에게서 상자를 빼앗아 목걸이를 꺼냈다.
그는 하얗고 긴 그녀의 목에 목걸이를 걸어주었다.

"너무 비싼 물건 아니에요?"

"당신은 비싼 목걸이를 할 자격이 충분해요."

"용 그림에 무슨 특별한 의미가 있나요?"

"있죠."

"뭔데요?"

"내가 용띠니까. 누가 당신을 섭섭하게 대하더라도 나
를 생각하며 관대해지라고……."

"고마워요."

그녀는 고마워하는 표정을 지으며 스탠드 쪽 의자를
가리켰다.

"앉으세요."

"아니에요. 어디 가볼 데가 있어요."

"오래 걸려요?"

"오늘 저녁에 무교동 낙지집과 장충동 족발집에 가봐
야 하거든요."

"누구하고요?"

"혼자서."

"왜요?"

"같이 갈 사람이 없으니까."

"내가 따라가면 어때요?"

"마음대로……. 그럼 여기는 어떡하고요?"

"상관없어요. 다른 사람한테 부탁하면 돼요."

호텔을 나온 그들은 택시를 잡았다. 상쾌한 저녁바람이 그들의 마음을 한결 가볍게 했다.

택시 창밖으로 어느덧 황혼이 지기 시작했다. 그 황혼이, 아니 다가올 어두움이 권태로운 도시에 활기를 불어넣는 양 길을 걷는 사람들의 발걸음이 빨라지고 표정에는 웃음기가 되살아났다.

그는 무교동으로 가자고 택시 기사에게 방향을 일러주고 그녀의 표정을 살폈다. 우수 어린 표정을 짓던 그녀는 그의 시선을 느꼈던지 고개를 돌리고 미소를 지어 보였다. 같이 따라나선 것을 후회하지 않는다고 말하는 미소였다.

"황혼이라는 건 참으로 아름다운 거야."

그는 침묵이 불편한 듯 혼잣말처럼 중얼거렸다.

"왜요?"

침묵에 불편함을 느낄 필요가 없다는 듯 그녀는 창밖으로 어둠이 내리는 도시를 보며 물었다.

"서로가 만나는 시간이니까."

"누구를 만나는데요?"

"낮이 밤을 만나고, 밝음이 어둠을 만나며, 소란이 고요함을 만나는 시간이니까."

"⋯⋯."

"그리고 그 만남은 또 헤어지는 찰나를 기약하니까."

"헤어짐을 기약하지 않는 만남은 없을까요?"

"있다면 그것은 지루한 만남일 거예요. ⋯⋯만난다는 표현보다 합쳐진다고 해야겠죠."

"어떤 만남이 지루하지 않은 만남일까요?"

"짧은 만남⋯⋯ 철저히 만나고 철저히 헤어지는 짧은 만남."

"우리도 그렇게 짧은 만남을 할 거예요."

"그럴 것 같아요."


무교동 골목의 낙지집에 도착한 그들은 삐걱거리는 소리를 내며 열리는 허름한 유리문으로 들어섰다. 꽤나 넓은 실내는 벌써 손님들로 떠들썩했다. 그는 싸구려 나무 탁자에 둘러앉은 사람들을 살펴보았다. 점잖은 노년층이 있는가 하면 넥타이를 풀어헤치고 소주잔을 앞에 놓은 채 열변을 토하는 젊은 샐러리맨들도 있었다.

그곳엔 여전히 행복한 사람들이 모여 있었다. 그들은 구석에 비어 있는 자리를 잡았다. 대학시절에 처음 왔을 때와 조금도 달라진 점이 없었다. 나무탁자도 변함이 없었고 등받이 없는 동그란 나무의자도 그랬다. 그러고 보니 나무틀 미닫이 유리문도 그대로였다. 주인이 누구인지는 모르나 모든 것을 20년 전 그대로 둔 사려 깊음에 그는 마음속으로 고마워했다. 그러나 머지않아 콘크리트 건물이 이곳에 남기고 간 수많은 사람들의 아름다운 추억을 삼켜버리리라는 아쉬움이 들었다.

짙은 화장을 한 여자가 물컵을 들고 옆으로 다가오자 소주와 낙지볶음, 그리고 조개탕과 감자탕을 주문했다. 그렇게 짙은 화장을 한 여자에게서 생에 대한 깊은 애착을 엿볼 수 있어 기분이 좋아졌다. 조그마한 탁자에 음식이 푸짐하게 놓이자 그녀의 눈이 휘둥그레졌다. 그녀에게 낙지가 맛있으니 많이 먹으라며 접시를 밀어주었다. 그는 통감자를 접시에 건져놓고 조개탕을 맛보았다. 단식 뒤라 매운 낙지볶음을 먹지 못하는 게 안타까웠다. 그는 탁자 위에 놓인 맛깔스런 음식들을 잊지 않으려고 눈여겨보았다.

그 음식 하나하나에서 지나간 자신의 젊음을 보았다. 그 젊음은 예측할 수 없는 미래를 향한, 두려움으로 가득 찬 젊음이었다. 그러나 그 두려움이 모든 사물에 의문을 갖게 했고 사색을 충동질했으며 겸손을 알게 했다. 그리고 그 두려움 끝에는 희망이 매달려 있었다. 미래를 예측할 수 없는 데서 생기는 막연한 희망이었으나 그것은 부정할 수 없는 희망, 바로 그것이었다. 지금처럼 정해진 한 길을 따라 걸어야 하고, 그 길이 어떤 길이며 그 길의 막다른 곳에는 무엇이 기다리고 있는지 훤히 아는 그런 것이 아니었다.

짓이겨 다진 마늘과 매운 양념에 볶은 낙지. 후춧가루와 다진 마늘로 양념을 해 시원하게 끓인 조개탕. 살점을 발라낸 뼈다귀에 껍질만 벗긴 통감자를 넣은 감자탕. 그는 독특한 맛과 인간미가 넘치는 훈훈한 이 분위기를 맛볼 수 없는 미래의 젊은이들이 가여웠다. 그리고 이 모든 것과 헤어져야 할 스스로가 안타까웠다.

"맛있지요? 낙지는 땀을 흘리며 소리내서 먹어야 제 맛이 나요. 그게 예의고……."

그는 젓가락으로 몇 점씩 조심스레 집어먹는 그녀에게 말했다.

"좋아요. 그럼, 땀을 쏟으며 먹겠어요."

그러면서 그녀는 열심히 먹었다. 그런 그녀의 행동이 마음에 들어 그는 혼자 웃으며 조개탕 국물을 떠먹었다.

그녀가 얼굴의 땀을 훔치며 멋쩍은 미소를 지었다.

"결혼 안 했어요?"

그녀의 미소에 대한 답으로 엉뚱한 질문이 나왔다.

"네, 안 했어요."

"부모님이 결혼 재촉 안 해요?"

"두 분 다 돌아가셨어요. 어머니는 제가 세 살 때 전쟁 중에 돌아가셨고, 아버지는 9년 전 위암으로 돌아가셨고요."

"어머니는 기억나요?"

"왠지 모르지만 확실히 기억나요……. 1·4 후퇴 때 화물열차인 곳간차에 다 탈 수가 없어 저만 머리 위로 들이밀어 곳간차에 태웠대요. 그리고 부모님은 제가 있는 곳간차 지붕 위에 탔다나 봐요. 대구에 도착해서 아버지가 저를 끌어냈어요. 그런데 어머니가 없었어요. 역에서 아버지와 며칠 낮밤을 꼬박 기다렸어요. 중간에 쉬었던 역에서 어머니가 곳간차 지붕에서 내려 화장실에 간 사이 기차가 떠났대요. 아버지는 저 때문에 어쩔 수 없이 뛰어내리지 못하고 대구까지 와서 그곳에서 어머니가 오기만을 기다린 거예요. ……결국 어머니는 오시지 않았어요."

"그 후로는…… 물론 신문사나 방송국을 통해 찾으려

고도 했겠죠?"

"그럼요……. 어머니와 헤어진 후 아버지의 인생은 어머니 찾는 일로 다 보낸 셈이죠. 아버지가 돌아가시자 저는 아버지가 그렇게 찾아 헤매신 어머니를 이제는 만날 수 있을 거라는 생각에 오히려 기뻐했어요."

"공연히 아픈 과거를 건드려 미안해요."

"아니에요. 이제는 아픈 과거라기보다 그리운 과거예요. 어머니를 애타게 그리워하는 아버지를 옆에서 지켜보는 순간순간은 마음이 아팠지만, 지금은 두 분의 그리움이 한 폭의 아름다운 수채화로 보여요. 제가 외로울 때면 두 분의 그리움을 떠올리며 달래곤 하거든요."

"전쟁은 모든 사람에게 상처를 남겼어요. 30년이 지난 지금도 전쟁의 상처는 많은 사람에게 파편처럼 남아 있어요. ……나는 내일부터 바로 그런 사람을 찾아봐야 해요."

"어떤 사람인데요?"

"전쟁 중에 의용군으로 참전했다 전사한 전우의 어머니와 재혼한 미망인."

"어디에 계시는데요?"

"대구와 김천."

"저도 함께 가면 안 될까요?"

"왜요?"

"그냥 만나 뵙고 싶어요. 고통을 받으시는 그분들께 따뜻한 눈길만이라도 보내고 싶어요. 어쩌면 그분들에게서 저 자신이 위안을 받고 싶어서 그러는지 모르겠어요."

"마음대로……. 오늘 저녁 한 군데를 더 들러야 돼요. 일어날까요?"

그들은 장충동으로 갔다. 족발 원조라고 씌어진 큰 간판이 붙은 음식점으로 들어가니 사람들이 꽉 들어차 빈자리가 없었다. 그러나 기름기를 뺀 먹음직스런 족발이 문을 다시 나서지 못하게 발걸음을 잡았다.

종업원이 다른 손님에게 양해를 구하고 합석을 시켜줬다. 주위에서 오가는 떠들썩한 말소리가 들렸다. 온통 농구시합으로 흥분해 있었다. 장충체육관에서 숙적인 두 팀 간의 농구 결승전을 관람하고 나온 무리인 것 같았다. 표정으로 보아 이긴 팀을 응원했던 사람들만 온 것처럼 보였다. 진 팀을 응원한 사람들이 갔을 곳을 상상해보았다. 아마도 일찍 집으로 돌아가지 않았을까 하는 생각이 들었다. 역시 승자들 속에 섞이는 것은 기분 좋은 일이다. 그는 불현듯 승리를 축하하고 싶은 심정이 되었다. 누구의 승리라도 상관없었다.

생마늘과 된장을 곁들인 족발이 차려졌을 때 그들도 승리를 축하하듯 소주잔을 부딪쳤다. 소주잔을 반쯤 비운 후 족발을 새우젓에 찍어 된장을 듬뿍 바른 생마늘과 같이 씹었다. 누구의 솜씨인지 모르나 음식 맛의 조화는 발명품과 다를 바가 없다. 그녀의 목에 걸린 목걸이를 눈으로 가리키며 그가 먼저 입을 열었다.

"목걸이가 잘 어울리는 것 같아요."

"고마워요. 워낙 훌륭한 선물이라……. 금으로 된 선물은 이게 두 번째예요. 마음에 꼭 들어요."

"……."

"첫 번째 선물은 아버지가 주셨어요. 제가 스물한 살 때 생일선물로 금팔찌를 해주셨지요. 그리고 다음 생일을 맞기 전에 위암으로 돌아가셨죠."

"고생은 많이 안 하셨나요?"

"위암 때문에 고생하신 건 잠깐이에요. 전쟁 중에 대구역에서 제 손을 잡고 어머니를 기다리다 발걸음을 돌려야 했던 순간부터 아버지의 심장엔 금이 갔던 것 같아요. 결국은 그것이 암을 가져다주었다고 생각해요."

"세 살 적 기억이 또렷하다고 했던가?"

"사람들은 기억이 나지 않을 거라고 하거든요. 그러나 또렷이 기억나는 두 장면이 있어요. 하나는 달리는 곳간차 창살 틈으로 본 쓸쓸하기 짝이 없는 헐벗은 들판 위에 뿌려지는 진눈깨비예요. 그것은 흰 눈에 싸인 환상적인 자연이 아니라 차갑고 매몰차면서도 삭막한 그런 들판이었어요. ……또 하나는 대구역에 도착한 열차가 어머니를 내려놓지 않고 떠날 때마다 짓는 아버지의 넋 잃은 표정이에요. 저는 그 장면이 아주 생생하게 머릿속에 박혀버렸어요."

그녀는 미소 띤 얼굴로 잔을 들고 그도 따라 들기를 기다렸다. 한참 동안 침묵이 이어지자 그가 먼저 입을 열지 않을 수 없었다. 그녀의 보이지 않는 상처를 건드리지 않으려는 침묵이 오히려 더 견디기 어려웠다.

"앞으로 금으로 만든 선물을 줄 세 번째, 네 번째, 다섯 번째 남자가 나타날 거예요. 그중 은경 씨가 마음에 드는 남자는 다이아몬드를 줄 거예요. 그 사람이 나타나면 쓰라린 과거는 잊어버려도 되죠."

"그런 사람이 정말 나타날까요?"

"어느 날 골목을 돌아설 때 바로 그곳에서 그 사람이 기다리고 있을 거예요."

"그래도 쓰라린 과거는 영원히 잊을 수 없을 거예요."

식당을 나오면서 그녀는 '이래도 되지요?' 하면서 팔짱을 끼었다. 20년 만에 끼어본 팔짱이었다. 그녀에게 더

없는 고마움을 느꼈다. 그녀를 집까지 바래다주며 내일 떠날 약속을 하고 호텔로 돌아왔다. 침대에 누워 생각해 보니 자신은 결코 외로운 사람이 아니었다. 따뜻함을 함께 나눌 수 있는 사람을 언제 어디서나 만날 수 있다는 것을 오늘 저녁 경험으로 알 수 있었다. 그리고 평양에서 그를 기다리고 있을 아내를 상상했다.


6.

다음날 아침, 두 사람은 버스 대신 새마을호 기차를 탔다. 기차가 좋다는 그녀의 주장 때문이었다. 그가 예상한 것보다 기차는 깨끗하고 쾌적한 실내 공기를 유지하고 있었다. 기차는 온통 초록으로 물든 산을 배경으로 못자리가 끝난 들판을 양편으로 가르며 전속력으로 달렸다. 그는 감회에 젖은 그녀의 옆얼굴을 훔쳐보았다. 머릿속에서 30년 전의 기억을 되살리고 있는 모양이다. 아마도 영원히 아물지 않을 마음의 상처는 아랑곳없이 너무나 아름답게 변한 자연의 무심함을 원망하고 있을 것이다. 창살 틈으로 본 삭막한 들판, 처음 본 슬픈 표정의 사람들 손에서 돌보아졌던 3일 동안의 암울한 기억, 부모님이 자기를 찾아올 수 없으리라는 끊임없는 불안감,

그 모든 걸 그녀의 머리에서 깨끗이 지워주고 싶었다. 오늘 여행이 혹시 잊어버리려고 애쓰는 그녀의 아픈 과거를 되살리지나 않을까 하는 불안감이 그를 걱정스럽게 했다.

"결혼해야 할 나이가 지났지요?"

그녀를 우울함에서 빼내려고 던진 질문이었다.

"글쎄요, 돌아가신 아버지의 애타는 심정을 옆에서 쭉 지켜보던 저는 왠지 사랑하는 사람을 만나면 누군가 꼭 우리 사이를 갈라놓을 것 같았어요."

"어제 저녁 황혼이 아름답다고 얘기한 거 기억나요?"

"네……."

"헤어지는 순간을 기억하는 만남이 아름답다고 했지요?"

"그렇지만……."

"전쟁이라는 괴물이 억지로 갈라놓지 않는 한 헤어짐이 반드시 나쁜 것만은 아니에요. ……그리고 전쟁은 다시 일어나지 않아……."

그는 문득 자신이 거짓말을 하고 있지 않나 하는 두려움으로 말끝을 흐렸다. 전쟁이 다시 일어나지 않는다는 보장은 없었다. 아마 전쟁은 아직도 계속되고 있을지 모른다는 생각이 들었다.

그들은 대구에 도착했다. 기차에서 내린 그녀는 출구로 갈 생각은 않고 플랫폼에 그대로 서 있었다. 자신의 아픈 과거를 더듬어보겠지 하는 생각이 들어 그녀를 지켜보았다. 그녀는 떠나는 기차의 꼬리가 멀어질 때까지 계속 바라보았다. 어머니를 내려놓지 않고 떠난 기차를 원망하듯 멍하게 쳐다보고 있는 아버지의 슬픈 표정과, 그 손을 잡은 어린아이가 아버지를 올려다보는 모습이 그의 머릿속에 그려졌다. 그는 그녀에게로 다가가 살그머니 손을 잡았다.

그제서야 돌아보는 그녀의 눈에선 눈물이 흘러내렸다. 눈물 속에 미소를 짓는 그녀의 모습이 아름다웠다.


늦은 오후 대구에서 30여 리 떨어진 반야월에 도착했다. 길에서 조금 들어간 곳에서부터 과수원이 촘촘히 들어서 있었다. 정사용의 편지에 적힌 주소를 마을 사람에게 물어 찾아가보니 조그마한 과수원이었다. 신준희의 어머니인 김남이 씨를 찾자 칠십 세가량의 허리가 몹시 굽은 노인이 나왔다. '정사준' 씨를 아느냐는 그의 물음에 노인은 반가운 기색을 하며, 그분이 도와준 돈으로 과수원을 장만했다고 묻지도 않은 말을 했다. 그가 정사용이 전해주라는 것을 가지고 왔다고 하자 정사용의 안

부를 물었다. 망설이던 그가 정사용이 보낸 예금증서를 주면서 얼마 전에 정사용이 사망했다고 알리자, 노인은 마루를 치며 통곡하기 시작했다.

"이 못난 늙은이가 아들 먼저 떠나보내고도 안 죽드니 우짤라고 그분마저 먼저 떠내보내나. 아이고, 무시라. 이 몹쓸 늙은 목숨이 와 이리 질긴고."

그가 마루에 걸터앉아 어쩔 줄 몰라하는 사이 은경이 노파의 등 뒤로 다가가 살며시 어깨를 끌어안아주었다. 그는 그런 그녀가 매우 고마웠다.

잠시 후 어느 정도 진정된 노인이 고등학교 다니는 것으로 보이는 남학생을 시켜 과일을 깎아 내오게 했다. 학생이 과일을 들고 나오자 노인은 전쟁에서 죽은 자식의 양아들이라면서 인사를 시켰다. 그는 금세 자리에서 일어나기가 미안해 근황을 물었다.

"영감은 전쟁이 끝나던 해에 그렇게 좋아하던 술도 마음대로 못 마시고 죽었심더. 지금 생각하니 영감이 죽기 전 술이라도 실컷 마시지 몬하게 한 게 원망시럽심더."

"손자도 있으시고 건강하게 오래 사셔야지요. 그래야 증손자도 보시죠."

그는 한숨짓는 노인이 다시 울음보를 터뜨릴까 봐 얼른 위로의 말을 전했다.

"오래 살면 뭐합니껴. 그래도 몬 죽는 기 죽은 자식 제사라도 지낼 사람이 있어야지예. 저노마 자슥을 고아원에서 데려다, 내가 죽은 후 죽은 아들 젯상에 물이라도 떠놓게 하려고 입양했심더."

"아드님께서는 결혼을 안 했습니까?"

"갸가 대학 1학년 때 전쟁이 났심더. 서울 법대에 들어가자 반야월에서 판검사가 났다고 모두들 얼마나 부러워했는데예. 그런데 그노무 사상운동인가 뭔가 해가지고는 에미 속을 썩이더니만 전쟁에 가서 죽었다 카데예. 그노무 자슥 하나만 믿고 살아왔는데…… 인자 생각해보이, 내가 팔자가 쎄서 영감과 자식을 죽였나 봐예."

은경이 뒤에서 노인을 껴안고 노인의 뺨에 자신의 뺨을 대면서 입을 열었다.

"아니에요, 할머니. 전쟁이 마음 착한 사람들만 골라서 상처를 냈나 봐요. 할머니는 죽은 아드님을 생각해서라도 오래 건강하게 사셔야 돼요. 아드님이 그걸 바랄 거예요."

그렇게 말하는 은경을 노인은 몸을 돌려 자기 품에 꼭 끌어안아주었다. 자기 품 안에서 흐느끼는 은경의 머리를 노인은 조용히 쓰다듬고 있었다. 그러한 모습을 보는 김경철의 가슴이 뭉클해졌다.

"할머니, 돌아가신 아드님만 못하겠지만 대신 딸을 얻었다고 생각하세요."

김경철의 말에 노인은 어리둥절한 표정으로 그를 쳐다보았다.

"은경 씨도 어머니를 전쟁으로 잃고, 아버지마저 그것이 상처가 되어 9년 전에 돌아가셨대요. 은경 씨가 자주 찾아뵙고 어머니처럼 생각할 거예요."

그의 입에서 자연스럽게 말이 흘러나왔다.

"그라믄 얼마나 좋을꼬. ……그래 내한테 자주 오이소. 내가 뭐든지 해주께예."

노인은 은경의 얼굴을 쳐다보았다.

"그렇게 할게요. 저도 돌아가신 어머니처럼 생각할게요."

"고맙소, 고맙소! 하늘이 아들을 데려가고 대신 딸을 주었다고 생각할 끼요. 그라믄 내도 아들 생각 않고 살수 있을 끼요."

"아드님 제사가 언제예요?"

은경이 노인을 보며 물었다.

"10월 11일이라예. 정 선상님이 알려주었지예."

"그때 제가 꼭 올게요. 제수 만드는 일도 돕고 어머니와 같이 제사도 지낼게요."

은경은 자연스럽게 노인을 어머니라고 불렀다.

"고맙소, 고맙소, 정말 고맙소!"

노인은 고맙다는 말을 여러 번 하면서 행복한 표정을
지었다.


7.

노인과 헤어진 후 그들은 김천행 버스를 탔다. 내내
창밖만 보는 그녀의 옆모습이 견디기 힘든 슬픔으로 가
득 차 있는 듯했다. 게다가 성의식이라는 사람의 미망인
을 만나는 일이 그녀를 더욱 슬프게 할 것 같아 그는 안
쓰러운 마음을 감출 길이 없었다. 그러나 혼자서 성의식
의 미망인을 만나겠다는 제의는 그녀로부터 한 마디로
거절당했다. 무슨 일이 있더라도 미망인을 만나 따뜻한
말 한마디라도 전하겠다며, 오히려 여자끼리 잠시나마
슬픔을 나눠 갖는 게 나을 거라고 했다. 김경철은 슬픔
과 부딪치는 게 견디기 어려웠던 참에 여자끼리 만나겠
다는 그녀의 제의를 성큼 받아들였다.

다음날 서울에서 만나기로 하고 김경철은 혼자 대구에
서 버스를 내리고 그녀만 김천으로 보냈다. 그리고 미망

인에게 예금증서를 전해주고 정사용의 죽음을 알려주기를 부탁했다. 버스가 떠나기 전 창문에 비친 그녀의 모습이 너무 애처로워 그는 함께 여행 떠난 일을 후회했다.

그는 다음날 약속대로 은경과 서울에서 만났다. 은경이 들려준 성의식의 미망인 소식은 가슴 아픈 것이었다. 성의식의 부인은 신접살림 일주일 만에 서울로 올라가 대학교 다니다가 의용군에 간 남편 대신 시부모를 모시고 평생을 청상으로 지낼 각오를 했다. 그녀는 조금도 슬퍼하지 않았다. 혼자 달랑 외가로 피난 와 고아가 된 큰시누이의 열 살 된 아들과 함께하기로 단단히 마음먹었기 때문이었다. 낮에는 들일을 나가 아이에게서 국군과 인민군의 군가를 배웠고 밤에는 등잔불 밑에서 아이에게 유행가를 가르치며 함께 소리 죽여 불렀다. 그 아이는 유난히 흰 피부에 귀티가 났다고 은경에게 몇 번이나 말하더라고 했다. 갈수록 정이 더해지던 어느 날, 죽은 줄 알았던 아이의 아버지가 나타나 아이를 데려갔다. 그날 밤 유난히 횅뎅그렁해진 방에 앉아 있으려니 온통 세상이 무너지는 듯한 슬픔과 외로움을 견딜 수가 없어 집을 뛰쳐나왔다. 지나가는 버스를 무작정 세워 그 버스에 올라탔다. 운전수가 종착역이라는 곳에 내리기는 했지만 밤길에 어디가 어딘지를 몰라 어쩔 수 없이 그 운전수가 안내하는 여인숙에 들었다. 바로 그때의 운전수가 지금의 남편이라는 거였다.

은경이 미망인과 밤을 새우며 한 이야기는 더욱 안타깝고 슬펐다. 나중에야 주정뱅이임을 알게 된 새 남편은 밤낮 술주정에 걸핏하면 살림을 부수고 심지어는 손찌검까지 했다. 그럭저럭 30년 가까이 참으며 맏딸과 두 아들을 두었다. 미망인은 몇 년 전 공장에 취직을 하겠다고 서울로 간 딸이 언제부턴가 짙은 화장을 하고 고향에 올 뿐 아니라 시집갈 생각도 하지 않는다고 걱정했다. 얼마 전부터는 정사용의 도움으로 조그만 음식점을 하는 덕에 먹고사는 것은 문제없는데 계속 그러는 딸이 걱정이라는 거였다. 미망인은 은경에게 딸을 만나 설득 좀 해달라며 신신당부를 했고, 은경은 그렇게 하기로 약속했다고 했다.

김경철은 은경의 감춰진 상처를 건드리는 것 같아 말할 수 없이 후회스러웠다. 그러나 그녀는 조금도 그런 내색을 보이지 않고 오히려 상처 입은 사람들을 위로했다는 보람을 느끼는 것 같았다. 김경철은 비단결 같은 마음씨를 지닌 사람들이 그토록 고통을 받아야 하는 이유를 도무지 알 수 없었다.

김경철은 도리를 못다 한 아들로서 늦기 전에 마지막으로 효도를 하겠다는 소망도 뜻대로 이루질 못했다. 여행을 극구 사양하던 어머니는 형수의 간곡한 설득으로 그와 여행길에 올랐다. 아버지 생전에 마지막으로 여행을 다녀온 속리산에 가자는 어머니의 제안을 그는 두말없이 받아들였다.

어머니는 여행 내내 아버지를 회상하거나 아들의 시간을 빼앗는다는 생각으로 몹시 부담스러워했다. 그리고 거꾸로 어떻게 하면 아들을 행복하게 해줄까 하고 애만 쓰셨다. 어머니는 당신이 여행을 떠났다고 갑자기 행복해할 분이 아니었다. 평생을 가족 뒷바라지로 희생한 어머니에게 그런 기대를 한 자신이 얼마나 철부지인가를 깨달았다. 그런 어머니에게서 이젠 얼마 남지 않은 행복마저 송두리째 도려낼지 모른다는 생각에 그는 심한 아픔을 느꼈다.

이틀 동안의 여행에서 돌아오는 차가 서울로 들어설 때였다. 그는 어머니의 옆얼굴을 보았다. 그의 눈길을 느낀 어머니는 미소를 지었다. 어느새 굵은 빗방울이 차창을 때리면서 흘러내렸다. 차창을 배경으로 한 어머니의 미소는 아주 맑고 투명해 보였다. 어미를 생각해 여행을 시켜준 아들에게 진심으로 고마워하는 미소였다. 그는 어머니에게 아무 말도 않고 떠나려던 생각을 바꾸었다.

"멀리 있어서 자주 찾아뵙지 못해 죄송해요, 어머니."

어머니의 손을 잡으며 그가 입을 열었다.

"아니야. 나야 네 가족들이 건강하다는 소식만 들으면 되지. 멀리서 나랏일을 하는데…… 내 걱정은 말아라."

어머니는 아들이 잡은 손 위에 자신의 손을 얹으면서 별소리를 다 한다는 표정을 지었다.

"에미하고 수지는 건강하지?"

"네, 에미가 자주 연락드리지 못해 죄송스러워해요. 해외 생활이 워낙 바쁘다 보니, 마음은 그렇지 않으면서도……."

"괜찮다, 객지 생활일수록 에미한테 잘해줘라. 말도 서툴고 친척도 없는데 얼마나 고생이 되겠니?"

"그럴게요, 어머니. 저…… 그리고 제가 좀 더 먼 근무지로 옮겨갈지 몰라 어쩌면 자주 못 뵙겠어요."

"걱정 마라. 네 형한테 잘 있다는 소식만 전하면 돼."

한참 동안 침묵이 흐른 후 어머니는 아무래도 마음에 걸리는지 다시 물었다.

"먼 데라니, 아주 먼 데야?"

"아뇨, 지금 근무지보다 조금 먼 데일 거 같아서요."

"아무 데나 집 떠나면 마찬가지지. 그럴수록 에미한테 잘해줘라. 여자는 그저 나이 먹을수록 남편만 믿게 되는 거야."

"네, 알겠어요."

서울을 떠나기 전 그는 형에게 어머니에게는 자신의 행방을 절대로 비밀로 해달라는 편지를 남기기로 했다.


철 이른 장마가 몹시도 사나웠다. 마치 짐승이 포효를 하듯 오전인데도 밤처럼 어두컴컴한 날, 그를 태운 택시가 김포공항을 향해 빗속을 질주했다. 라디오 일기예보에서는 수일 내로 끝날 장마 이후 더위가 닥쳐올 거라고 했다.

그는 지난 한 달 동안을 돌이켜보았다. 덧없이 흘러간 시간들, 한국에서의 마지막 한 달은 예상보다 시간에 쫓기는 한 달은 아니었다. 막상 한 달의 반쯤이 지나자 하고 싶었던 일이 별로 남지 않았다. 시간과 경쟁이라도 하듯 초조한 빛을 보이는 친구들과 오랜 시간을 보내고 싶지 않았다. 그리고 그가 해외체류 중 그리워해왔던 한국적인 분위기도 기대처럼 훈훈한 감을 주지 않았다. 장마 속에 가려진 자연의 아름다움도 그를 매혹시키지 못했다. 그렇지만 머릿속에는 영원히 지워지지 않을 장면을 담아두었다. 어두운 장마 중 잠깐 갠 하늘에 아름답게 불타오르는 저녁놀, 파란 하늘이 빠끔히 모습을 드러나는 순간 구름 사이를 비집고 쏟아지는 찬란한 햇빛, 그 햇빛을 잡으려고 달려드는 조각구름들…… 그 장면은 표현할 수 없는 미의 극치였다. 하지만 그의 머릿속에는 지구상의 다른 곳에서도 이런 아름다움을 다시 볼 수 있으리라는 생각이 떠올랐다. 평양의 하늘에도 그런 아름다움이 있으리라 믿었다.

공항에 들어가기 전 우체통 옆에 차를 세우고 편지를 넣었다. 형에게 보내는 편지였다. 이륙하는 비행기에서 내려다본 서울은 고층 아파트로 꽉 들어차 있었다. 그는 어머니가 계신 곳을 눈으로 찾아보았다. 꼭 찾을 것만 같았는데 비행기가 짙은 구름 속으로 들어가 더 이상 보이지 않았다.

김경철은 서울을 떠난 지 18시간 후 파리에 도착했고, 곧이어 카이로행 비행기에 탑승했다.

# 불붙는 여로

1.

김경철이 이집트 항공편으로 카이로 공항에 도착한 시간은 새벽 1시경이었다. 몹시 권위적인 세관원 때문에 입국 수속만 1시간을 잡아먹었다.

공항 건물을 나서자 사막의 뜨거운 열기 속에 고약한 냄새가 났다. 공항 출구에는 흰 옷을 걸친 사람들이 어둠침침한 불빛 아래 누워 잠을 자고 있었다. 그는 발을 딛기가 힘들었다. 사람 몸을 밟지 않으려고 이리저리 발을 옮기며 빠져나오자 한 청년이 다가와 벤츠를 타라고 제안했다. 그는 몇 차례에 걸쳐 값을 흥정한 다음 벤츠에 올랐다.

카이로 시내로 들어가는 길옆에 있는 쉐라톤호텔에 도
착했다. 호텔은 마치 광활한 사막 위에 유리벽으로 만들
어놓은 인공 도시처럼 놀라울 정도로 규모가 컸다. 유
리로 만든 지붕 밑에는 사막의 오아시스인 양 여러 가지
수목이 있었다. 호텔 직원에게 물어 그곳에서 소련과 이
집트 양국간 통상 회의가 열리고 있다는 것을 확인했다.

그는 방에 들어가 침대에 누웠다. 오랜 비행 시간으로
몹시 피로했으나 얼른 잠이 들지 않았다. 침대 옆에 있
는 시계가 새벽 3시 반을 가리키고 있는데도 정신은 점
점 맑아지는 것 같았다. 앞으로는 다시 볼 수 없을 아내
에 대해 느긋한 마음으로 생각해보았다.

그의 기억으로 아내는 10년 가까이 여러 나라에서 생
활하는 동안, 외교관의 관세 면제 혜택을 받은 것이긴 하
지만, 벤츠 스포츠카를 사지 않은 적이 한 번도 없었다.
지난해 딸을 미국 최고의 사립 고교인 필립스 아카데미
에 입학시켜 교육비를 장인에게 부담시킨 적도 있다. 그
이전에도 아내는 툭하면 종합병원 원장으로 있는 장인에
게 도움을 청했고 장인은 아내의 청을 쾌히 받아들였다.

그녀는 외국인들과의 모임에서 헤어지기 전 항상 어떤
대화의 끝머리를 잡아 자연스럽게 벤츠 스포츠카와 필

립스 아카데미 이야기를 빠뜨리지 않는 놀라운 순발력을 유감없이 발휘했다. 그런 대화가 너무나 자연스러워서 조금도 자랑하려는 의도에서 끌어낸 말로 들리지 않았다. 그런 화술로 그녀는 다른 사람의 빈축을 사기보다는 오히려 부러움을 받는 편이었다.

반면 아내가 끌어들여 마지못해 하게 된 미국 상류 사회와의 교제는 김경철에게 더없는 괴로움을 주었다. 그는 왠지 모르게 흰 토끼들이 노는 데 염치없이 끼어든 흑염소가 된 기분이 들었다. 그러나 그 나름대로 아내를 위해서도 그 사회에 적응하려고 최선의 노력을 했다. 그러나 얼마간의 시간이 지난 후 그러한 생활이 더 이상 견딜 수 없다는 걸 알고 나서는 그러한 노력마저도 포기했다. 아내의 모습이 점점 멀어져가며 그도 모르는 사이 잠이 들었다.


김경철은 아내가 가입한 골프 클럽하우스 밖에서 눈 아래로 펼쳐진 파란 잔디 필드와 아름다운 인공호수를 내려다보았다. 수백 년 묵은 고목이 골프 코스 사이를 분리시켜놓았고, 필드를 거니는 경쾌한 차림의 사람들이 인공적으로 다듬어진 자연을 위로라도 하는 듯 보였다.

그는 골프 코스가 내려다보이는 언덕에 앉아 아내가

자기에게 다가오는 모습을 보았다. 누가 봐도 아름다운 여자임에 틀림없다. 한 권의 책도 제대로 읽는 걸 본 적이 없으나 어느 대화에서든지 빠지지 않을 만큼 총명함을 갖춘 여자다.

김경철은 가까이 다가온 그녀에게 전근 발령을 받아서 곧 다른 나라에 가야 하니 떠나기 전 딸을 보고 싶다고 조용히 말했다. 그녀는 싸늘한 표정을 지으며 딸을 만나게 해줄 수 없다고 했다. 김경철은 적어도 이렇게 쉽게 포기해서는 안 된다고 자기 자신에게 일렀다. 김경철은 아내의 손을 잡았다. 아내는 그의 손을 뿌리치며 얼굴을 옆으로 돌려버렸다. '왜 그래, 제발 그러지 마!' 김경철이 울먹이며 애원했지만 그녀의 표정은 도리어 싸늘해지기만 했다. 김경철은 못내 서러웠다. '그러지 마, 여보, 제발 그러지 마'라고 소리치다가 그는 눈을 떴다.

자기 잠꼬대 소리를 직접 듣는 건 처음 있는 일이었다. 등은 식은땀이 흘러 축축하게 젖어 있었다. 시계를 보니 벌써 아침 6시였다. 지금 딸은 무엇을 하고 있을까? 다시는 딸을 볼 수 없으리라는 생각이 그의 가슴을 후벼팠다. 그 애가 어느 누구도 이해 못할 아버지의 행동을 조금이라도 용서해주기를 바랐다. 그는 무슨 일이 있더라도 딸에게 전화로라도 직접 설명하기로 단단히 마음먹었다.

2.

김경철은 아침 일찍 카이로 시내로 가 골동품상에서 칼을 샀다. 반달 모양을 한 회교국 특유의 짤막한 칼이었다. 골동품으로 파는 것이라 칼날이 예리하지는 않으나 여자의 가슴을 파고들기에는 충분한 것 같았다. 리정선의 가슴에 깊숙이 꽂힐 칼이다.

호텔로 돌아와 로비 구석에 자리를 잡았다. 신문을 읽는 체하며 그곳 사람들을 유심히 관찰했다. 미국 첩보원 같은 사람은 눈에 띄지 않았다.

1시간쯤 지나자 엘리베이터에서 내리는 세 쌍의 남녀가 눈에 띄었다. 그중 한 명이 동양 여자였다. 김경철은 그들이 식당으로 가는 것을 보고 잠시 후 그들과 조금 떨어진 테이블에 앉았다. 그들의 대화는 소련말로 이어졌다. 세 쌍은 각각 부부 같아 보였다. 김경철의 시선은 그 동양 여자에게서 떨어질 줄 몰랐다. 바로 사진을 통해 보았던 리정선이었다.

김경철은 커피를 주문해 마신 후 다시 로비 구석에 자리를 잡았다. 세 쌍의 부부가 왔다면 남편들이 회의를 할 동안 부인들은 쇼핑이나 관광을 떠날지도 모른다. 그는 그때 기회를 잡아야겠다고 마음먹었다.

오후 느지막이 아침에 본 세 여자가 엘리베이터에서

내리는 모습이 보였다. 남편들과 동행하지 않은 채였다. 세 여자가 호텔 문 앞으로 가 그곳에 방금 도착한 관광버스에 타려고 했다. 그는 재빨리 관광버스 승차권을 사서 여자들 뒤를 따라 버스에 올랐다. 영어를 유창하게 하는 안내원에게 서투른 발음으로 'Do you speak Japanese?'라고 물어 일본인 관광객 행세를 했다.

버스는 모래바람 속을 지나 카이로 시내를 가로질러 외곽으로 빠졌다. 30분쯤 후에 버스가 도착한 곳은 거대한 피라미드 앞이었다. 여자들이 차에서 내리는 걸 보고 잡상인들이 벌떼처럼 달려들었다. 그들은 이상한 나무 모형이나 쇠붙이 등을 가지고 골동품인 양 떠벌려댔다. 끌고 온 낙타를 타라고 재촉하는 노인들도 많았다. 여자들은 그들을 거들떠보지도 않고 곧장 피라미드 입구로 향했다.

수백만 개의 거대한 돌덩어리로 만들어진 피라미드의 실체는 사진보다도 더 위압적이었다. 세 여자는 피라미드 중앙에 위치한 방으로 통하는 조그마한 통로를 올라가고 있었다. 한 무리의 관광객을 사이에 두고 그도 따라 올라갔다. 얼마쯤 올라갔을 때 통로가 갑자기 좁아져서 거의 몸을 구부리고 기어 올라가야 했다. 한참 후에야 피라미드 한가운데 있는 방에 도착했다. 아파트 응접실만 한 방 중앙에는 돌을 파서 만든 관이 있었다. 돌 하나하나에 4천 년 전 피라미드를 만든 사람들의 땀 냄새가 아직도 배어 있는 듯했다.

그는 문득 4천 년이란 얼마나 멀고 긴 세월인가 하고 스스로 물어보았다. 얼른 답이 떠오르지 않았다. 예수가 얼마나 먼 옛적 사람인가. 만약 그가 생전에 이곳에 왔다면 우리가 예수를 고대로 느끼는 만큼 그도 피라미드를 보고 그렇게 느꼈을 것이다. 왜냐하면 피라미드와 예수 사이의 세월은 바로 예수와 김경철 자신 사이의 세월과 엇비슷하기 때문이다. 김경철은 긴 역사 속에 자신의 인생을 놓고 보면 너무나 하찮은 한 점에 지나지 않는다는 생각이 들었다.

그는 일행과 조금 떨어져서 신기한 듯 돌을 어루만지는 리정선 옆으로 갔다. 그는 자연스럽게 앞을 보고 돌을 만지며 낮은 목소리로 말을 건넸다.

"리정선 씨지요?"

그녀가 놀라며 그에게 얼굴을 돌려 경계의 눈초리로 살폈다.

"나는 미 CIA 요원이오. 내 말을 잘 들으시오. 동행한 여자들과 떨어져 혼자 있을 기회를 만드시오. 매우 긴요한 일이오."

그녀는 돌 앞으로 다가가서 안경을 벗어들고 더 자세히 관찰하는 시늉을 했다. 그의 말이 먹혀 들어간 게 분명했다. 그리고 김경철이, 그녀가 망명을 위해 접촉한 미 CIA 요원이라는 것을 의심치 않는 것 같았다. 김경철은 리정선 곁에 바짝 붙어섰다.

리정선이 돌에서 눈을 떼지 않은 채 나직이 말했다.

"지금은 안 돼요……. 조금 있다 7시경 스핑크스 앞에 있는 노천극장 화장실 근처에서 만나요."

리정선은 말을 끝내자마자 동행한 여자들에게로 걸어갔다.


김경철은 리정선 일행과 얼마간의 거리를 유지하며 그들의 뒤를 쫓았다. 피라미드를 나온 그들은 한참 걸어가 노천극장에 있는 식당에서 식사를 했다. 김경철도 그들과 떨어져 앉아 저녁을 먹었다. 식당 창밖으로 비친 여러 개의 피라미드가 붉은빛을 띠기 시작했다.

노천극장 좌석이 사람들로 차기 시작하자 리정선 일행은 식당을 나왔다. 노천극장 앞에서 그들은 사막의 찬 밤기온에 대비해 담요를 1장씩 빌렸다. 김경철도 그들과 같이 담요를 빌렸다. 담요를 걸치고 혁대에 끼여 있는 칼을 뽑아 담요 안에서 잡아보았다. 칼 손잡이가 그의 손에

착 달라붙는 느낌이 들었다. 으슥한 곳에서 그 칼로 리정선의 가슴을 찌르는 모습을 머릿속에서 그려보았다.

피라미드 뒤에 펼쳐진 망망대해와 같은 사막이 붉은 해를 집어삼켰을 때 피라미드와 스핑크스만이 그래도 위용을 잃지 않은 채 버티고 있었다. 곧이어 눈에 띄지 않는 여러 개의 스피커에서 흘러나온 클래식이 노천극장에 울려 퍼지기 시작하면서 4천 년 전 피라미드가 만들어졌을 당시의 상황이 변사에 의해 극적으로 설명되었다. 어느 정도 분위기가 차분히 가라앉으며 관중들의 환상이 4천 년 전으로 되돌아가고 있을 즈음 가장 큰 피라미드와 스핑크스에 환하게 조명이 비추어졌다.

변사는 자신이 스핑크스가 되어 천 년간 모래에 묻혀 있을 동안의 고뇌와, 인간에 의해 발견되었을 때의 환희를 과장된 톤으로 읊어가고 있었다. 김경철은 앞쪽에 있는 리정선 일행에게서 잠시도 눈을 떼지 않았다. 여러 개의 피라미드와 스핑크스 밑에 설치된 거대한 조명이 차례로 밝혀지면서 그것들과 연관된 역사의 인물들을 설명하는 대사가 스피커를 통해 울려나왔다. 그때 리정선이 일어나는 모습이 김경철의 눈에 잡혔다. 그녀는 노천극장 뒤쪽으로 걸어가고 있었다.

노천극장에 들어서기 전 화장실의 위치를 확인해둔 김

경철은 리정선이 약속한 곳으로 가고 있다는 것을 알았다. 김경철은 자리에서 일어났다. 담요 속에서 칼을 혁대에서 뽑아 오른손으로 꼭 잡았다. 무슨 일이 있어도 리정선은 죽어야 할 사람이다. 성사용을 자살케 했다는 것만으로 충분한 이유가 되지 않는다면, 최영실 모녀를 살리기 위해서라는 데 더 이상 이유가 필요치 않다.

리정선의 뒤를 따르면서 김경철은 순간적으로 자신이 사람을 죽일 수 있는지 의심이 들었다. 그러나 다음 순간 이를 악물었다. 지금까지 살아오면서 수많은 실패를 경험했지만 이번만은 실패할 수 없다고 마음속으로 다짐했다. 이번만 성공하면 헛되게 지낸 자신의 지난 일생 모두가 정당화될 수 있다는 느낌이 들었다.

"화장실에 갔다가 노천극장 관중석 맨 뒷줄로 오시오."

김경철이 리정선에게 바싹 다가가며 말했다. 김경철은 화장실에서 리정선을 죽일 수 없다는 것을 이미 사전 답사를 통해 알고 있었다. 여자 화장실 문 앞에 휴지를 파는 녀석들이 2명이나 진을 치고 있었기 때문이다. 리정선이 화장실로 들어가는 것을 확인한 김경철은 관중석 맨 뒷줄 한적한 곳에 자리를 잡고 그녀를 기다렸다.

잠시 후 누군가 김경철이 앉아 있는 곳에서 한 자리

건너 자리를 잡았다. 힐끗 쳐다보니 리정선이 앞쪽을 보며 앉아 있었다. 김경철은 리정선의 옆자리로 슬그머니 자리를 옮겨 앉았다. 스핑크스에 환하게 조명이 비쳐지면서 변사의 열띤 대사가 흘러나오고 있었다. '나는……' 변사가 스핑크스가 되어 떠들었다.

'나는 내 앞에 우뚝 서 있던 역사의 인물들을 모두 보아왔다.' 김경철은 몸에 걸친 담요 속에서 단도를 뽑아들었다.

'나는 알렉산드로스의 젊음에 찬 눈을 보았다.' 김경철은 리정선의 옆구리를 겨냥했다.

'또한 나는 카이사르의 지적인 눈을 보았다.' 스핑크스가 말했다. 김경철은 왼손으로 리정선의 어깨를 감쌌다. 리정선의 흠칫 놀라는 몸짓을 느꼈다.

'또한 나는 나폴레옹의 불타는 눈도 보았다.' 김경철은 리정선을 잡은 왼손에 힘을 주었다. 리정선은 움직일 수 없게 되었다. 이제 남은 것은 하나, 리정선의 옆구리 깊숙이 칼날을 꽂는 일만 남았다. 김경철은 칼을 잡은 손에 힘을 주었다.

'그리고 나는 4천 년 동안 계속된 절망을 보아왔다.' 스핑크스가 장내를 쩡쩡 울리는 소리로 말했다. 김경철은 멈칫했다. 절망…… 절망…… 무슨 일을 해도 남는 것은 절망뿐이란 말인가. 갑자기 리정선을 죽이려는 자신의 행위가 하찮은 것으로 느껴졌다. 자신이 엉터리 영화 속의 한 장면을 연기하는 삼류 배우쯤으로 느껴졌다. 칼을 잡은 김경철의 손에서 힘이 빠졌다. 곧 다시 손에 힘을 주었다. 그 순간 자신이 실수를 하고 있을지도 모른다는 생각이 그의 머리를 스쳤다. 그녀가 죽어야 할 만한 죄를 지었는지 확실히 알고 싶었다.

"한 가지 물어볼 게 있어요."

무엇이 갑자기 생각난 듯 김경철은 리정선의 어깨를 잡은 팔을 푼 후 자리를 고쳐 앉으며 말했다.

"네, 물어보세요."

긴장을 풀지 못한 듯 그녀는 떨리는 목소리였다.

"정사용을 왜 자살하게 했소?"

리정선이 놀란 표정으로 김경철을 돌아보았다.

"반드시 알아야겠어요. 그래야만 일이 풀릴 거요."

한참 동안 침묵을 지키던 리정선이 입을 열었다.

"딸이 출연한 영화 때문이에요."

"무슨 뜻이지요?"

"정지숙이 출연한 영화를 계속 상영하려면 정사용이 남한에 살아 있어선 안 된다는 것이 당의 방침이에요."

"왜요?"

"공화국의 대표작으로 공화국을 방문하는 모든 외국인에게 보여야 하는데 주연 여배우의 아버지가 남조선에서 성공한 자본가이면 되겠어요? 주인공의 아버지가 남조선 해방을 위해 목숨을 희생한 영웅이라고 할 수 있어야지요."

"어떤 영화인데요?"

"계급투쟁을 주제로 한 것으로 지주에게 핍박을 받던 처녀가 결국 혁명의 길로 나선다는 영화예요."

김경철은 속으로 킬킬거리며 웃었다.

영화 예술의 중요성을 인정하는 그들의 정책을 찬양해야 할지, 인명을 경시하는 그들의 철학을 비난해야 할지 도무지 판단이 서지 않았다. 리정선을 죽일 이유가 없었다. 정사용의 자살을 강요한 그녀도 하찮은 도구에 지나지 않았다는 것을 알았다.

둘 사이에 잠시 침묵이 흘렀다. 두통이 다시 찾아왔다.

김경철은 이마를 주먹으로 때렸다. 리정선이 말문을 열었다.

"어떤 경로로 망명하게 되지요?"

한시바삐 미국으로 망명할 통로를 찾고 싶어하는 리정선의 심정을 훤히 읽을 수 있었다.

"국제회의가 끝나면 다음 행선지는 어디요?"

김경철은 대답 대신 리정선에게 질문했다. 리정선이 침묵을 지키다가 한참 후 입을 열었다.

"모스크바요."

"그럼 리정선 씨가 이쪽으로 망명하는 대신 내가 그쪽으로 망명하겠소."

놀란 표정을 짓고 있는 리정선에게 김경철이 다시 말했다.

"언제 이곳을 떠나게 되어 있소?"

김경철이 다시 물었다.

"모레."

한참 만에 리정선이 답했다.

"좋소, 그렇다면 모레 당신들이 모스크바로 갈 때 내가 그 비행기를 타고 북한으로 가게 도와주시오."

"거절한다면?"

냉랭한 목소리로 그녀가 물었다.

"당신이 CIA와 망명 교섭을 하고 있다는 정보를 흘리겠소."

그는 조금도 주저함이 없이 말했다. 둘 사이에 침묵이 흘렀다.

"당신의 신분은?"

그녀는 여전히 조금도 변하지 않는 냉랭한 목소리로

물어왔다.

"정보부 파견 뉴욕 유엔 대표부 현직 영사요."

"망명 이유는?"

"아내와 딸을 만나려고……."

"연락처를 알려줘요."

"같은 호텔 102호요. 오늘 밤에 그리로 연락을 주시오."

리정선은 자리에서 일어나 동행한 여자들이 앉아 있는 곳으로 갔다.


김경철은 리정선 일행과 다른 버스로 호텔로 돌아왔다. 침대에 누워 손에 든 책과 전화기를 번갈아보며 초조한 시간을 보냈다.

요란한 전화벨 소리에 그는 습관적으로 시계를 보았다. 새벽 1시였다. 그는 수화기를 든 채 아무 말도 안 했다. '헬로' 하는 소리에 상대방이 외국인임을 직감하고 정신이 번쩍 들었다.

"지금 아래층 로비에 있는 문 쪽으로부터 세 번째 공중전화 박스로 5분 내에 나오시오."

남자는 영어로 그렇게 말하고 전화를 끊었다. 리정선의 남편이 틀림없다. 공중전화 박스로 오라는 것으로 보아 암살이나 납치를 시도하지 않을 거라는 생각에 마음을 놓았다.

김경철이 지정한 공중전화 박스에 도착한 지 얼마 안 되어 벨이 울렸다. 수화기를 들자, 조금 전 그 남자의 목소리가 들려왔다.

"당신의 현 직책을 말하시오."

외국인 남자의 영어 발음임이 뚜렷했다.

"주 뉴욕 유엔 대표부 영사요."

"이름은?"

"김경철, 나이는 40세. KGB나 사회안전부에 확인해 보시오."

"망명 동기는?"

"망명 후에 밝히겠소."

평양에 있는 아내와 딸이 보고 싶은 게 망명 동기라면 조회했을 경우 당연히 의심을 받게 될 것이다.

"망명을 거절한다면?"

"당신 부인이 CIA와 교섭 중이라는 사실을 폭로하겠소."

"그런 일은 없는데……."

"허튼수작 마시오."

그는 단호한 어투로 말꼬리를 잘라버렸다. 그리고 조

용히 타이르듯 말했다.

"당신이 지금 살 수 있는 길은 세 가지 중 하나요. 첫째는 내 망명을 도와주는 거요. 둘째는 지금 어떤 방법으로든 나를 죽이는 것이오. 그렇지 않으면 당신 부인이 CIA와 망명 관계로 접촉 중이라는 사실을 누설하겠소. 마지막 방법은 내일 중으로 당신이 미국으로 망명하는 것이오…… 당신은 당연히 첫 번째를 택해야 할 거요. 당신 부부가 영웅이 되는 방법이잖소."

"왜 우리 부부가 영웅이 되지요?"

"당신 부인이 지시한 대로 정사용이 자살했고 남한에 막대한 자금도 마련했소. 내가 자금을 회수하는 방법을 알고 있소"

상대방은 아무런 반응이 없었다.

"오늘 오후 6시까지 시간을 주겠소. 분명히 기억하시오. 오늘 오후 6시에 당신 방으로 연락을 하겠소."

"좋소, 그럼 연락하시오."

그가 수화기를 내려놓았을 때 로비 반대편 공중전화 박스에서 전화를 끊고 걸어나오는 리정선의 남편이 보였다.

가명으로 쉐라톤호텔에 투숙하긴 했으나 리정선의 남편에게 자신의 정체가 드러난 이상 같은 장소에 머물러선 안 된다는 것을 직감했다. 김경철은 공중전화로 카이로 시내에 있는 호텔 몇 곳을 알아보고 힐튼호텔에 예약했다.

방으로 올라와 짐을 싼 후 호텔 데스크로 가 숙박료를 지불한 후 호텔 문을 나섰다. 새벽 3시경의 카이로 밤거리는 통금 후의 서울 밤거리가 연상될 만큼 한적했다. 그는 호텔에서 마련해준 벤츠 승용차로 공항으로 갔다. 공항에서 내려 그곳에서 얼마간 머물다가 다른 택시를 타고 카이로 시내에 있는 힐튼호텔로 갔다. 또 다른 일본인 가명으로 체크인한 후 방으로 안내되었다. 그곳에서 그는 잠시 눈을 붙였다.

아침 일찍 눈을 떠 시계를 보니 6시가 조금 지나 있었다. 간단히 세수를 하고 호텔 식당으로 갔다. 식당에 들어서기 전 그곳에 있는 사람들을 훑어본 후 식당 입구를 볼 수 있는 창 옆에 자리를 잡았다. 길 건너에는 나일강의 혼탁한 물줄기가 카이로의 중심부를 가로질러 유유히 흐르고 있었다. 강 옆으로는 널찍한 4차선 도로가 보였고, 그 도로 위에는 채소를 가득 실은 당나귀 마차들의 행렬이 보였다. 마차 위에는 하나같이 흰 로브를 쓴 남자가 당나귀를 몰고 있었고, 마차 뒤쪽에는 가족인 듯한 여자와 어린아이가 타고 있었다. 새벽에 시장으로 채소를 팔러 가는 가족의 모습이 몹시 행복하게 보였다. 왠지 모르게 그들에게서 따스한 정을 느꼈다. 김경철은 저녁 6시 리정선의 남편에게 연락을 취할 때까지 하고 싶은 일을 찾았다.

아침식사를 간단히 끝내고 그는 호텔을 나왔다. 채소를 실은 마차 뒤를 좇아 한참을 걸어 장터에 도착했다. 그곳에서 그는 진짜배기 이집트인들과 한나절을 보냈다. 말은 통하지 않았으나 손짓발짓으로 의사소통에 큰 불편을 느끼지는 않았다. 오랫동안 흙구덩이에서 자면서 목욕도 하지 않아 냄새가 났으나 그들과 같이 그들의 물담배를 피웠고 먼지투성이의 빵껍질 속에 채소를 짓이겨 넣은 그들의 음식을 맛있게 먹었다.

오후가 되어 그는 호텔로 돌아와 약속한 시간에 리정선의 남편에게 연락을 취했다. 리정선의 남편은 김경철에게 다음날 아침 소련 항공기인 아에로플로트가 모스크바를 향해 이륙하는 때와 같은 시간대에 아테네로 향하는 이집트 항공기를 예약하라고 말했다. 그런 다음 내일 출국 수속을 마치고 이륙 바로 직전 아에로플로트기 탑승구로 오라는 내용을 알려왔다.

3.

다음날 아침 일찍 리정선의 남편이 지시한 대로 시간에 맞추어 아에로플로트 탑승구 쪽으로 걸어나가자 탑승구 안에서 누군가 그에게 오라는 손짓을 했다. 그가 뛰어 탑승구로 들어가자마자 비행기 문이 닫혔고 비행기는 곧이어 이륙했다.

두 소련 승무원 사이에 끼어 앉은 그는 카이로 상공에서 스핑크스와 피라미드를 내려다보았다. 4천 년 이상을 버티어온 그것들은 앞으로도 지나온 세월만큼을 거뜬히 견디어내고도 남을 것 같았다. 문득 4천 년이란 세월이 그렇게 오랜 세월처럼 느껴지지 않았다. 세상에 태어나서 100년을 살다가 죽고 다시 태어나 100년을 산 사람 40명을 일렬로 늘어세우면 훑어볼 수 있는 세월밖에 되지 않음을 알았다. 그러고 보니 성년이 되어 수십 년 사는 동안 조그마한 고통에도 하늘이 무너지고 세상이 꺼지는 것처럼 호들갑을 떨고, 하찮은 승리에도 인류 역사를 끌어다 빗대는 세상 사람들의 행동이 우습기만 했다. 그는 그동안 자기를 키워준 부모, 한동안 미치도록 사랑했던 아내, 그리고 자신의 피를 이어받은 유일한 딸, 그들 모두가 이러한 진실을 깨닫기를 바랐다.

순간 그는 머리가 바스러지는 것 같은 두통을 느꼈다.

머릿속에서 쿵쿵 하는 소리가 들려 그대로 앉아 있을 수가 없었다.

그는 양옆에 앉은 건장한 승무원의 허락을 얻어 화장실로 갔다. 거울에 비친 자신의 얼굴에서 생전 처음으로 이상한 느낌을 받았다. 순간 그는 육체와 영혼이 완전히 분리된 상태임을 알았다. 그의 영혼의 눈에 비친 육신은 너무나 낯선 타인이었다. 40년 동안을 더불어 지낸 자신의 육신에 친근감을 가질 수 없다니 놀라운 일이었다.

아마 육체와 영혼은 영원히 합해질 수 없는 평행선인지도 모른다. 다른 사람들은 이미 알고 있었던 진리를 지금에야 깨닫고 있는 자신이 참으로 어리석어 보였다. 그의 영혼은 세월이 흐르면 흐를수록 진보하는 반면, 육체는 태어난 지 20년을 고비로 퇴락해버린 듯했다. 육체가 버틸 수 있는 한계가 100년이라면, 영혼은 만년, 아니 영원이라도 살 수 있다. 육체의 심장이 박동을 멈출 때 영혼은 어린아이 수준의 단계에서 그치는 것이 아닌가?

거울에 비친 그의 얼굴은 한없이 측은해 보였다. 그는 너무나 맹목적으로 세상일에 순종만 했던 불쌍한 자신의 육체를 바라보았다. 그런 자신의 육체가 이 시각까지 자신의 영혼을 지배해왔음을 부인할 수 없었다.

영혼은 그가 원하는 무엇이라도 될 수 있는 데 반해,

육체는 변화할 수 없지 않은가. 육체가 움직이는 대로 영혼이 따라간다면 그 인간은 불행해질 수밖에 없으며, 영혼이 육체를 지배할 때 비로소 인간은 완전한 자유와 행복을 누릴 수 있을 것이다. 거지로 보이는 육체를 지닌 사람이 왕인 양 행세할 때 사람들이 미쳤다고 놀려대더라도 그의 영혼은 완전히 자유롭고 행복한 사람이다. 어떠한 추남이더라도 자신이 최고의 미남이라고 생각하면 얼마든지 세기의 미녀에게 사랑을 호소할 수 있어야 한다. 영혼이 육체를 지배하는 이상 그의 행동은 어떤 제약도 받지 않으며 단지 영혼이 육체의 주인이 되도록 내버려두면 되는 것이다.

그러고 보니 지금 마주 보는 거울을 발명한 사람이 인간에게 최악의 악마일 수밖에 없다. 이 세상에 거울이 없었다면 좀 더 많은 사람이 행복하고 자유로워질 수 있었을 것이다. 그보다 좀 더 오래전에 악마가 있었다. 인간을 창조한 신이었다. 신은 인간에게 굶주림과 아픔을 느끼게 했으며 성욕을 주었다. 이 세 가지 중 하나라도 만족을 못 시키면 육체가 영혼을 지배해 인간에게서 자유를 빼앗아갔다. 그뿐이었다면 많은 인간들은 그래도 행복할 수 있었을 것이다. 그러나 불행하게도 신이 인간에게 준 세 가지 외에도 어리석은 인간들은 치명적인 한 가지를 더했다. 그것은 경쟁이라는 것이다. 이 경쟁이 철저하게 인간의 육체가 영혼을 지배하도록 만들었다.

그는 거울에 비친 얼굴을 다시 보았다. 여전히 생소하고 낯선 모습에 측은한 감마저 들었다. 그의 영혼이 육체에게 '결코 너에게 지배되지 않겠다'고 다짐했다. 그의 영혼은 정사용이 되어 김경철의 육체를 떠나려고 했다. 정사용의 눈을 통해 볼 최영실을 한시바삐 만나고 싶었다. 그녀와 달콤한 사랑을 속삭이며 9년 동안의 그리움을 한순간에 풀 수 있으리라고 그는 생각했다. 그런 생각 중에 그는 머릿속에서 쿵쿵거리던 두통이 말끔히 사라진 것을 알았다.


자리로 돌아온 김경철에게 승무원이 주문하지도 않은 술을 가지고 왔다. 색깔이 이상해서 무슨 술이냐고 묻자 조니워커 스카치라고 했다. 그가 다시 돌려주며 보드카를 달라고 부탁하자, 그녀는 상냥한 미소를 지어 보이며 상어알도 원하느냐고 물었다. 그는 고개를 끄덕였다.

김경철은 흑해 연안의 까만 상어알을 얇게 썬 빵조각 위에 놓고 얼음과 물을 타지 않은 보드카를 마시며 창밖으로 막 지기 시작하는 붉은 해를 보았다. 그는 자리에서 반쯤 일어나 한없이 펼쳐진 사막을 내려다보며 신은 사막을 위해 태양을 만들어놓았으리라는 생각을 했다. 그는 아직까지도 불타는 사막과 태양만을 그린 명화를 본 적이 없음을 머리에 떠올리고는 인간의 빈곤한 상상력을 한탄했다.

얼마 후엔 뒤쪽에 앉아 있던 리정선이 그의 옆에 앉은 승무원과 자리를 바꿔 앉으며 말을 걸었다.

"기분이 어떠세요?"

리정선이 생글거리며 물어왔다.

"글쎄요. 소풍 가는 기분이네요."

그러고 보니 어렸을 적에 한 번도 가보지 못한 곳으로 소풍 갈 때 느꼈던 기분이 바로 지금과 같다는 생각이 들었다.

"가족들이 보고 싶다고 했지요?"

리정선이 다시 물었다.

"네."

"가족들이 어디에 사세요?"

"평양에요."

"평양 어디쯤에요?"

"평양역 근처 노동자 아파트에요."

"얼마 전에 헤어졌어요?"

"9년 전에요."

"그래요?"

그녀는 몹시 의아해하는 눈치였다.

"혹시 가족들이 무슨 일을 하는지 아세요?"

"아내가 극장 소도구실에서 일하고 있어요."

"그래요? ……이름은요?"

"영실이오. ……최영실."

그녀의 동그랗게 뜬 놀란 눈은 쉽게 정상으로 돌아오지 않았다. 그냥 그대로 빤히 그를 쳐다보고 있었다. 농담을 하는지 도무지 분간이 되지 않는 모양이었다.

"내 아내 사진 볼래요?"

김경철이 안주머니로 손을 넣으며 말했다.

"그래요. 한번 보여줘요."

그가 속주머니에 있는 수첩 깊숙이에서 꺼낸 사진을 본 리정선은 더욱더 눈을 크게 뜨고 김경철을 보았다. 그 사진은 20여 년 전 최영실이 주연으로 출연했던 〈붉은 기를 휘날리며〉라는 연극의 한 장면이었다. 리정선은 억지로 미소 지어 보이며 자리를 떴다.

김경철은 남편에게 머리 옆에 원을 그려 보이며 자기를 정신병자라고 말하는 그녀를 상상해보았다. 그러나 그는 상관하지 않기로 했다. 어떠한 일이 있더라도 영혼이 육체를 지배하도록 마음먹었다. 그는 자신의 영혼은 정사용이라고 확신했다. 그리고 그것을 최영실만은 알아줄 것이라고 조금도 의심치 않았다.

네 잔째 시킨 보드카를 받았을 때야 그는 최영실에게 줄 선물을 준비하지 않았다는 생각이 퍼뜩 떠올랐다. 그것은 너무나 큰 실수였다. 그는 문득 떠오르는 생각이 있어 자리에서 일어나 뒤를 보았다. 저만치 뒤에 앉아 있던 리정선과 눈이 마주치자 손으로 이쪽으로 와달라는 신호를 보냈다. 리정선은 얼른 일어나 그가 있는 자리로 와서 옆에 앉은 무뚝뚝한 승무원에게 자리를 잠깐만 바꾸자고 양해를 구했다. 리정선이 옆에 앉으며 웃는 얼굴을 했다. 그가 저지른 실수를 알고 비웃기라도 하듯 태연하게 웃는 리정선이 얄미웠다. 그는 조급하게 물었다.

"리정선 씨, 내가 큰 실수를 한 거 같아요."

리정선은 순간 긴장했다. 약간 정신이 나간 사람이 다시 카이로나 서울로 데려다달라고 할 것 같아 마음이 조마조마한 표정이었다. 그녀는 순간적으로 정신병원을 둘러싼 철망을 손으로 잡고 있는 파란 환자복의 남자를 상상하고 있었는지 모른다.

"뭔데요?"

그녀는 그가 할 이야기를 매우 진지하게 받아들이겠다는 듯 천연덕스러운 표정을 지었다.

"영실…… 아니, 아내한테 줄 선물을 사는 걸 잊어버렸어요."

그제서야 한시름 놓은 듯 리정선은 느긋한 미소를 지으며 말했다.

"무슨 선물을 사고 싶었는데요?"

그는 머뭇거리며 얼마 동안 아무 말도 하지 않았다. 잠시 후 무슨 기막힌 생각이라도 난 듯 그는 자신의 허벅지를 치며 말했다.

"좋은 실크 속옷을 사고 싶었는데……."

"그래요? 어떡하지요? 일정상 모스크바에서 구입할 순 없을 텐데……."

매우 난처한 표정을 지으며 리정선은 무대에 선 연극배우같이 정말로 안타까워하는 시늉을 했다. 모스크바에서 구할 수 없다는 말에 시큰둥해진 그는 잠시 생각에 잠기는 듯했다. 그가 마음에 든 실크 속옷은 분홍색의 슬립과 브래지어와 팬티 세트였다. 오래전 뉴욕에서 크리스마스 선물 꾸러미를 한아름 들고 앞서가는 아내를 뒤따라가며 어느 백화점 쇼윈도에서 본 분홍색 속옷이었다. 침울해 있던 그는 다시 리정선에게 애원조로 물었다.

"혹시 새 속옷 여벌로 가진 것 없어요? 분홍색이면 더욱 좋고…… 값은 내가 지불할게요."

어이없어하는 리정선의 모습이 혹시 자신이 지불하지 못할까 봐 그러는 걸로 여긴 그는 다시 말했다.

"지금 이곳에 돈이 없어 당장은 어렵지만 분명히 지불할게요."

"알았어요. 짐 속에 새것으로 여벌이 있나 한번 찾아볼게요. 그러나 있다 하더라도 분홍색은 아닐 거예요."

리정선이 마지막 부분을 말할 때는 다분히 장난기가 섞여 있었다. '이따가 모스크바에서 봐요'라면서 리정선은 뒷자리로 돌아갔다.

네 잔째 보드카를 마시고 나자 그는 정말로 오랜만에 마음이 느긋해졌다. 사소한 일들에 매달려 생사가 판가름나는 것처럼 날뛰었던 지난날의 자신이 너무나 어리석고 우스꽝스럽게 느껴졌다. 온몸이 기분 좋게 노곤해지며 몹시 졸렸으나 느긋한 마음을 좀 더 갖고 싶어 잠을 쫓아버리려고 노력했다.

그러나 그는 어느새 잠이 들었고, 그리고 아름다운 꿈을 꾸었다.


4.

그는 평양역 플랫폼에 내려섰다. 역 출입구에 호탕하

게 웃고 있는 커다란 김일성 초상화가 한눈에 들어왔다. 평양역을 나와 오른쪽 보도로 꺾어들었다. 그는 분홍색 실크 슬립과 브래지어와 팬티를 싼 보자기를 누가 낚아 채 가기라도 할까 봐 오른쪽 겨드랑이에 꼭 끼었다. 왼손에는 보드카 한 병과 소시지가 든 가방을 들고 장미꽃이 활짝 핀 보도를 걸어갔다. 평양대극장 지붕 위로 지는 붉은 해가 그와 영실의 만남을 조명하려는 무대장치처럼 걸려 있었다.

한참을 걸어 5층짜리 예술가 아파트를 지나 겉모양이 똑같은 노동자 아파트에 이르렀다. 그는 내리막길로 내려서서 5층 두 번째 창문을 가만히 올려다보았다. 영실의 모습이 어른거리기를 바랐으나 보이지 않았다. 층계를 올라가면서 그는 이상하게도 조금도 숨이 가쁘지 않았다. 오히려 날듯이 뛰어가고 싶은 충동을 눌렀다. 그는 일부러 천천히 하나하나 계단을 밟고 올라갔다. 영실이 기뻐할 장면을 상상하며 될 수 있는 대로 소리를 죽였다.

아파트 문 앞에서 초인종을 누르기 전 그는 넥타이를 똑바로 매고 양복 상의의 단추를 채운 다음 머리 모양을 가다듬었다. 초인종을 누르면서야 그는 영실이 자기를 못 알아볼지도 모른다는 불안감에 휩싸였다. 잠시 후 문이 열리고 화장기 없는 영실의 은은한 얼굴이 나타났다.

그녀는 무심한 표정으로 그의 눈을 들여다봤다. 그는 아무 말도 하지 않았다. 오직 영혼의 눈을 통해서만 자신이 누구라고 말할 수 있을 것 같아서 그저 영실의 눈만 바라보았다.

영원과도 같은 순간순간이 흘러가고 있었다. 그가 뼈 아픈 절망을 맛보는 순간 영실은 손을 벌려 그를 안았고 그의 품에 얼굴을 묻었다. 환희의 안도감이 그의 가슴을 채웠다. 그녀는 아무 말도 하지 않았다. 그는 영실을 안고 안으로 들어갔다.

실내를 돌아보니 반닫이와 이층장이 보였다. 영실은 얼른 반닫이는 당신을 의미하고 이층장은 자기를 의미한다고 말했다. 그가 보자기에 싼 선물을 건네주자 그녀는 그 자리에서 펼쳐보았다. 기쁜 표정을 지은 그녀는 선물을 들고 미소 지으며 방으로 들어갔다. 얼마 후 수줍은 표정으로 조용히 문을 반쯤 열고 살며시 모습을 보였다.

분홍색 슬립의 어깨끈이 절묘한 어깨 곡선과 흰 살결을 잘 살려주고 있었고, 무릎을 살짝 가린 수놓은 레이스는 그녀의 아름다운 각선미를 잘 드러내주고 있었다. 뒤로 묶었던 까만 머리가 어느새 풀어져 어깨에 넘실거리고 있었다.

그는 그녀에게 다가가 살짝 입술을 댔다. 그리고 그녀

를 안은 채 창 옆에 놓인 소파로 갔다. 불 꺼진 창문으로 들어오는 달빛이 오늘 저녁만큼은 그들만을 비춰주고 있을 거라고 믿었다. 그가 가방에서 보드카와 소시지를 꺼내자 그녀가 우리가 처음 만났던 때를 기억하느냐고 물었다. 그가 잠자코 미소만 짓고 있자 영실은 그때도 보드카와 소시지를 먹었다고 말했다. 그는 영실에게 지금까지는 우리들 사랑의 서막이었으니 지금부터는 본막에 들어간다고 말해주었다. 그녀는 고개를 끄덕였다. 그리고 그는 누구에게도 둘만의 사랑을 비밀로 하자고 했다. 누군가 알면 우리 둘 사이를 다시 갈라놓을지 모른다고 했다.

그는 영실에게 헤어져 있어야 할 낮 동안이 저녁에 있을 둘만의 시간을 위한 서막이라고 말했다. 서막에서 서로가 그리워하며 만날 순간의 행복을 기다리는 동안은 세상의 어떤 고통도 두려워하지 않고 참아낼 수 있다고 덧붙였다.


5.

그가 잠이 깼을 때는 모스크바 공항에 도착할 즈음이었다. 비행기 창문에 굵은 빗방울이 부딪치고 있었다.

비행기 트랩에서 KGB 요원과 사회안전부 요원이 대기하고 있었다. 그들의 안내로 공항을 빠져나와 호텔로 갔다. 그는 미국에 전화 한 통을 하겠다며, 그들이 옆에서 지켜봐도 좋다고 말했다. 전화 신청을 한 후 한참 만에 통화를 하라는 교환원의 연락이 왔다. 전화선을 타고 곤한 잠에서 막 깬 듯한 딸의 목소리가 들려왔다.

"헬로……."

"아빠야."

"아빠? 지금 어디 계세요?"

"모스크바야."

"거기는 왜요?"

"방금 망명했어."

"……."

아무런 말이 없자 그는 전화가 끊어진 게 아닌가 염려되었다.

"엄마 때문이에요?"

아내가 이미 딸에게 아빠와 헤어진다고 말을 해준 게 차라리 고마웠다.

"아니."

"그럼 왜요?"

"내가 돌봐줄…… 가족이 있어……."

"네?"

"아니야. 아무것도 아니야."

잠시 침묵이 흐른 후 딸이 염려하는 투로 물어왔다.

"아빠, 건강은 괜찮아요?"

"그럼."

"그곳에서 무슨 일을 하실 거예요?"

"아빠 걱정은 하지 마. 잘 있을 거야."

"아빠를 잊지 않을게요."

"아빠도 너를 잊지 않을게."

딸이 목이 메었는지 무슨 말을 하려다 말고 침묵을 지켰다.

"아빠가 보고 싶으면 어떡해요?"

조금 안정을 찾은 딸의 목소리가 들려왔다.

"방학 동안에 네가 올 수 있잖아. 그렇지?"

"그래요, 아빠…… 이담에 대학 들어가면 아빠 보러 갈게요."

"그래, 잘 있어. 전화 끊을게."

딸의 흐느끼는 목소리가 전화선을 타고 들려왔다. 이것이 딸의 목소리를 들을 수 있는 마지막 기회라는 것을 그는 알고 있었다.

# 에필로그

그로부터 3년 후 국장에서 차장으로 승진한 지 6개월이 지난 어느 날 아침, 김성수 차장은 보고서철을 뒤적거리던 중 그의 주의를 끄는 보고서에 시선을 멈췄다. 그가 3년 동안 재일 조총련 간부를 포함해 모든 정보부 끄나풀을 동원하면서 수집하려고 노력했던 김경철에 대한 정보였다.

그가 그토록 김경철의 행방을 집요하게 추적한 데는 충분한 이유가 있었다. 앞으로 수년 안에 장관 자리를 바라보고 있는 그의 입장에서 김경철의 망명이 그와 어떠한 연관이라도 있었다는 사실이 밝혀지면 치명타를 입게 될 것이다. 그는 보고서를 읽어 내려갔다.


　김경철(남, 43세)의 외모와 부합하는 자가 북한을 방문
중인 조총련 간부에 의해 평양시 외곽에 있는 정신병원에
서 발견되었음. 북한 당국에서 정신병원의 훌륭한 시설을
선전하기 위해 마련된 방문이었음.

　김경철은 외모로 보아 건강한 상태로 보였으나, 이상한
점이 두 가지 있었음. 첫 번째는, 방문객 모두에게 신의주
에 있는 방직 공장에 다닌다는 부인의 사진을 보이며 부인
에게 선물할 분홍색 속옷을 가진 것이 있으면 팔라는 부탁
을 했다고 함(사진 속의 여자는 〈붉은 기를 휘날리며〉라는
연극의 여주인공이었던 유명한 배우라고 함). 두 번째는, 꽤
두툼한 타이핑 종이 묶음을 방문객을 향해 흔들며 자신이
쓴 소설 원고라며 출판사에 전해달라고 했다고 함(그것이
실제 소설 원고인지는 확인된 바 없음).


어쨌든 김 차장은 매우 기뻤다. 3년 동안 그를 괴롭혀
왔던 김경철의 정신상태가 확인된 이상 더는 그에 대해
신경을 쓸 필요가 없다고 생각했기 때문이었다.

**작품해설** | 1989년 『피와 불』 초판 발행 시

# 이데올로기를 극복한 초월의지

**정규웅**(문학평론가)

　우리의 '창작'이나 영어의 '픽션', 혹은 프랑스어의 '로
망'이나 이탈리어의 '노벨라'와 같은 소설을 일컫는 표현
들은 소설이 가공의 이야기임을 뜻한다. 쉽게 말하면 소
설은 그 자체가 본질적으로 만들어낸 거짓의 이야기라는
뜻이 되는데, 그러나 그렇다고 해서 소설이 반드시 현실
성이 없는 황당무계한 이야기여야 한다는 뜻이 아님은 너
무나 당연한 일이다.

　그렇다면 우리가 소설을 통해 얻고자 하는, 기대하는
것은 무엇인가. 소설이 비록 꾸며낸 이야기라 하더라도
그 이야기를 통해 우리가 어떤 시대의 어떤 삶을 살고 있

는가, 곧 이 시대 삶의 실상이 무엇인가를 확인하는 것이 소설의 중요한 기능 가운데 하나일 것이다. 그래서 소설 속에서의 현실이 너무 생생해 그 이야기가 허구임에도 불구하고 사실 같다는 느낌을 주었을 때 우리는 그 소설을 가리켜 '실화 같은 소설'이라고 부른다.

물론 소설 속의 리얼리티가 얼마나 강한가 하는 것만이 그 소설의 문학적 가치를 가늠하는 척도일 수는 없지만 읽는 사람으로 하여금 나의 이야기, 우리의 이야기로 받아들일 수도 있게 하는, 곧 공감의 연대 형성이라는 측면에서는 소설에서의 리얼리티야말로 작가가 마음 놓고 구사할 수 있는 무기가 아닐까 싶다.

홍상화의 『정보원』은 이를테면 '실화 같은 소설'의 전형이다. 그렇다면 이 소설이 마치 현실 속에 실제로 존재했던 이야기와도 같은 리얼리티의 느낌을 주는 까닭은 무엇인가.

그 까닭은 무엇보다 이 소설이 분단과 이데올로기 문제를 전면에 내세우고 있으면서도 궁극적으로는 인간과 삶의 근원적인 문제를 천착하고자 한다는 데서 찾을 수 있을 것이다. 두말할 나위 없이 분단과 이데올로기의 문제는 한민족 전체의 가장 절실한 문제로 부각돼왔다. 너무나도 절실한 문제이기 때문에 분단과 이데올로기의 문제는 언제나 현실의 삶에서 파생하는 모든 문제를 우선해온 것이다.

그러나 이데올로기의 문제도 인간의 삶이 있고 난 다음의 문제라는 점을 감안한다면 우리가 얼마나 이데올로기라는 괴물의 충실한 노예 역할을 해왔는가를 깨달을 수 있다. 『정보원』은 바로 이 점에 착안, 인간은 이데올로기의 노예일 수 없으며 삶의 근원적 · 본질적인 문제 앞에서는 아무것도 장애물이 될 수 없음을 극명하게 보여준다.

이 소설이 보여주고자 하는 그 같은 대전제를 이해하기 위해서는 우선 이 소설의 2개의 흐름을 이끌어가고 있는 두 인물—정사용과 김경철이 어떤 삶을 살아왔으며 어떤 생각을 가지고 있는 사람들인지를 살펴볼 필요가 있을 것 같다.

정사용은 안정된 가정에서 태어나 6 · 25 발발 전 중학교 재학 중 맹목적으로 공산주의 이데올로기에 침윤돼 좌익 학생운동에 참여한다. 6 · 25가 발발하자 그는 북한 의용군에 자원 입대, 중상을 당한 뒤 하급노동자로 전락한다. 여배우 최영실과 결혼하여 딸을 낳고 밀봉교육을 받은 후 간첩으로 남파된 그는 숙부 등 친척들의 포섭에 실패, 체포된다. 마침내 전향하여 결혼도 하고 경제적 안정까지 누리게 된 그는 어느 날 병사를 가장한 후 자살해버린다.

김경철 역시 안정된 가정에서 태어나 명문대학에 입학한 후 학보병으로 입영, 육군 정보부대에 배속된다. 그 인연으로 5·16 쿠데타가 일어난 후 정보부에 발을 들여놓게 되고 그로부터 15년 동안 정보요원으로 일한다.

김경철이 1970년 미군 정보대에 파견되어 근무하던 중 '자수한' 간첩 정사용의 심문을 통역하게 됨으로써 이들의 인연은 시작된다.

소설 속에 나타나는 정사용과 김경철의 이 같은 이력은 적어도 표면적으로는 남북분단 이데올로기의 극명한 대조를 보인다. 왜냐하면 정사용은 북한 권력집단의 기대하는 바 과업의 성취를 위해서 중요한 인물일 수밖에 없고, 김경철은 정사용을 전향시켜 남쪽 이데올로기의 선전도구로 만들기 위해 절대적으로 필요한 인물이기 때문이다.

그러나 중요한 것은, 이데올로기가 전제된 이들의 행동이 실상 그들의 사상에 의해 자발적으로 이루어지는 것이 아니라 '이미 만들어진 삶의 테두리를 깨뜨리지 않고자 하는' 맹목적 순응주의에서 이루어지고 있다는 점이다.

그것은 그들의 삶이 체제나 이데올로기와 무관한 상태에서 영위되고자 하는 그들의 갈망으로 쉽사리 입증된다.

물론 정사용이 젊은 시절 공산주의 신봉자가 되었다든가, 김경철이 군복무 중 정보기관원이 되었다든가 하는 것은 적어도 그 당시로서는 그들 자신의 신념에 의한 결정이었지만 그들이 이내 체제나 이데올로기의 허망함을 깨닫고 회의 속에 빠지게 되며 마침내 어떤 체제, 어떤 이데올로기도 삶의 본질적 가치를 훼손할 수 없음을 인식하게 됐다는 사실에 보다 중요한 의미를 부여하게 되는 것이다.

그렇다면 그들이 체제나 이데올로기에 대해서 품게 된 회의는 어떤 것인가. 그들은 그들이 몸담고 있는 체제에 대해서 각기 다음과 같이 생각한다.

(……) 인민들은 하루 종일 고된 노역에 시달렸음에도 불구하고 당 학습이라는 명목 아래 고단한 몸을 쉬지도 못하고 있는데 당 간부들은 계집질을 하고 있지 않은가. 소위 당 간부라는 자들은 2개의 얼굴을 가지고 있었다. 그들의 제도 자체가 커다란 모순 속에 움직이고 있는 것이다. 정사용은 무슨 일이 있어도 이런 위선자들의 희생물이 되지 않겠다고 이를 갈았다.

어린 나이에도 위험을 무릅쓰며 서울에서 삐라를 뿌리고 노동자, 농민을 위한 사회를 건설한다는 이념에 불탔던 자신이 한심했다. 그는 문득 새로운 이념을 찾아야겠다는 생각이 들었다. 다음 순간 그는 마음이 편안해졌다. 새로운 이념을 찾은 것이다. 최영실이 바로 그의 새로운 이념이었다. 정사용은 그녀만 얻으면 자신의 헛된 과거를 보상받을 수 있을 것 같았다. 사상이니 조국이니 하는 따위의 말이 무의미해졌다.(상권, p.111~112)

(……) 북한의 일인당 연간 국민소득이 125달러에 미칠 때 남한은 75달러에 그치고 있었다. 명동 거리에는 붉은 페인트통을 든 양아치들이 돈을 안 주는 사람에게 페인트를 뿌렸다. 그러나 일반 정치인들은 권력의 앞잡이로 호의호식하든지 멋모르는 국민들과 야합해 허망한 자유만을 부르짖고 있었다. 어디 그뿐이랴. 경제발전을 거듭하는 일본인들이 달러의 힘을 빌려 백의민족의 여성들을 제멋대로 주무르고 있었다.

이 모든 것에 종지부를 찍을 수 있는 사람이 박정희일 것이라 믿었다.

(……)

아아! 그러나 박정희라는 인간을 향했던 그의 기대가 얼마나 잘못된 것이었나!

(……)

근래에는 주위에 미친개들을 풀어놓고 똑바른 정신을 가진 자는 쉽사리 접근조차 못하도록 했다. 말 잘하는 학자들은 조선시대를 좀먹는 무용지물로, 떠들썩한 대학생들은 멋모르고 날뛰는 국가관이 없는 아이들로, 민주주의 신봉자인 체 행세하는 야당 정치인들은 외국의 장난에 함께 날뛰는 골이 빈 자들로밖에는 취급하지 않았다. 시끄럽기는 마찬가지인 종교인들도 사대주의 사상에 물든 국적 없는 위선자들, 그 이상으로 보이지 않았을 게다.

김경철은 박정희에게 향했던 자신의 기대가 허물어진 이상 정보부를 미련 없이 떠날 수 있다고 다짐하며 곤한 잠에 빠져들었다.(하권, p.13~15)


체제나 이데올로기에 대한 이들의 이 같은 회의는 인간의 본질적 순수성에의 회귀과정으로 받아들일 수 있을 것이다. 그 순수성은 두말할 나위 없이 인간 삶의 기본적 틀과 바탕을 이루는 인간관계이다. 모든 인간관계가 남과 여의 관계에서 시작된다고 볼 때 정사용의 인간 본래의 순수성에의 회귀가 북한의 배우 최영실에 의해 가능해지고 있음은 지극히 당연해 보인다.

반면 아내와의 관계에서 오히려 인간관계의 파탄을 맛보는 김경철의 경우는 어떤가. 김경철에게 정사용은 표면적으로는 이데올로기의 희생자이지만, 내면적으로는 성공적 인간관계로써 인간 본래의 순수성을 획득한 전형으로 비쳐진다. 곧 김경철에게 정사용은 인간으로서 도달하고자 하는 최종의 목표와도 같은 것이다.

정사용이 자살한 후 김경철이 수사를 핑계로 정사용의 자취를 밟아 그의 행위를 흉내 내고자 했던 것도 정사용이 획득한 인간 본래의 순수성을 김경철 자신도 획득해보고자 하는 잠재적 욕망에서 비롯한 것이라고 볼 수 있다.

김경철의 그와 같은 잠재적 갈망은, 이 소설의 클라이맥스라고 할 수 있는 김경철의 월북으로 '상징화'된다. 만약 이 소설이 흔한 대로 남북분단과 이데올로기의 문제를 정면에서 진지하게 다루고자 한 것이라면 정사용의 죽음은 남한의 체제나 이데올로기에 적응하지 못한 까닭으로, 그리고 김경철의 월북은 역시 한국이라는 나라의 체제나 이데올로기에 깊은 회의를 느낀 나머지의 사상적 전향으로 받아들일 수밖에 없을 것이다.

그러나 앞에 지적한 대로 남북분단과 이데올로기에서 파생된 문제를 다루고 있기는 하지만 이 소설이 궁극적으로 보여주고자 하는 것은 이데올로기를 초월한 인간의 본질 문제이다. 정사용의 자살과 김경철의 월북은, 그러므로 이데올로기와 무관하다. 정사용의 자살은 한 가정의 가장으로서 북에 남겨두고 온 아내와 딸을 위한 마지막 보호본능으로 설명될 수 있으며, 김경철의 월북은 그가 살아오면서 막연히 꿈꾸게 된 이상향에의 회귀를 위한 초월의지로 설명될 수 있을 것이다.

  여기서 한 가지 주목해야 할 것은, 작가가 정사용과 김경철의 그와 같은 행동의 배경을 좀 더 절실하게 객관화하기 위해 심리주의적 기법을 원용하고 있다는 점이다. 작가는 정사용에게도 김경철에게도 그들의 행동에 대한 합리성을 부여하지 않는다. 그것은 독자들의 몫으로 남겨둔다. 다만 그들의 행동 하나하나를 통해 그들의 심리상태를 간접적으로 유추해냄으로써 과연 인간이 궁극적으로 지향하는 바가 무엇인지를 암묵적으로 제시하는 것이다.

  특히 정사용이 자살하기까지의 과정을 탐색해나가는 김경철의 추적은 한 편의 고급 추리소설을 연상케 한다. 그것이 전체적으로 작품에 긴박감을 더해주는 역할을 하고 있으며 동시에 리얼리티를 부여하는 데 중요한 몫을 하고 있음은 새삼 주목해야 할 대목이다.

어떤 신문의 '홍상화' 인터뷰에 따르면 "이 작품은 홍(洪)씨의 가정사를 바탕으로 하고 있는데 주인공 정사용은 작가의 당숙의 일생과 비슷하다"고 되어 있다. 이 기사는 이어서 작가의 당숙이 1970년대 말 암으로 죽었고, "홍씨는 당숙의 죽음이 북에 두고 온 가족에 대한 그리움에서 비롯됐음을 확신한다고 말했다"고 쓰고 있다.

이 정도의 기사 내용으로써 이 소설이 사실에 얼마나 가까운지를 알아내기는 어렵다. 그러나 중요한 것은 이 소설이 사실에 얼마나 부합하느냐에 있는 것이 아니라 사실 그 자체만으로는 소설이 될 수 없다는 점, 그리고 정작 소설을 만드는 힘은 사실보다는 작가적 상상력에 있다는 점이다.

이 소설의 문학적 성공은 이 작품의 일부분이 사실(혹은 작가 스스로의 체험)일 경우 그 모티프가 되는 부분적 사실과 이 작가의 선천적 재능이라 할 수 있는 작가적 상상력의 절묘한 조화에서 찾아진다.

# 에로스와 타나토스

**김윤식**(서울대 국문과 명예교수)

## 1. 새로움과 그 지속성

어떤 작품도 그것이 존재하고 또 존속하기 위해서는 이른바 새로움(문제계)을 갖추고 있어야 한다. 새로움은 그러니까 이중적이 아닐 수 없다. 출발의 새로움과 그 지속의 새로움이 그것. 작품이 씌어질 때의 새로움을 갖추기도 물론 쉬운 일은 아니다. 그러나 신선도 유지는 흔한 일이 아니다. 홍상화 씨의 장편 『정보원』은 이 새로움의 두 가지 형태를 우리로 하여금 새삼 점검케 하는 모종의 힘을 갖고 있는 작품이다.

탄생의 새로움이란 무엇이었던가. 먼저 이 작품이 발표된 시기를 문제삼을 수 있다. 1989년이라면 동구권 및 구소란이 무너진 직후에 해당된다. 피로 상징되는 '가족·가문'의 사유 체계의 우위성이냐 불로 표상되는 '계급(집단성)·이데올로기(이념)'의 사유 체계의 우위성이냐를 두고 바야흐로 균형 감각의 모색을 향한 인류사적 과제가 걸려 있는 그런 시점이었다. 문득 이 장면에서 일찍이 이 나라 소설의 한 새로움의 장을 연 「광장」(1960)의 작가 최인훈 씨가 이 작품의 탄생이 4·19로 말미암았다고 머리말에서 적었음을 상기할 수 있다. 광장과 밀실의 균형 감각의 가능성을 가져온 것이 4·19라면 그리고 그것이 국내적 과제였다면, 구소련 해체 그것은 인류사적 과제라 할 것이다. 전자가 내발적이자 직접성이어서 내면화와 아울러 그 지속성을 유지할 수 있었다면, 후자는 우리의 처지에서 보면 간접적인 것이라 할 것이다. 그만큼 『정보원』의 지속성 유지엔 불리한 조건으로 작용했다고 볼 것이다.

이를 물리칠 수 있는 새로운 충격파가 개입했는데, 이른바 황장엽 망명사건(1997)이 그것이다. 이 사건의 성격은, 다각적으로 검토될 수 있겠으나, 어떤 시선에서 보면 4·19 그것처럼 직접성(내발성)의 일환으로 간주될 수 있다. 북조선 노동당 서기의 직함을 가진 황장엽 망명 사건의 직접성은 그가 바로 저 유명한 주체사상을 창출·전개한 장본인이라는 점과 망명지를 서울로 택했다는 것으로 정리될 수 있다. '인간은 모든 것의 주인이며 모든 것을 결정한다'는 명제로 요약되는 주체사상이 1967년에서 오늘에 이르기까지 북한을 지배한 이데올로기임을 염두에 둔다면, 황장엽의 망명, 그것도 서울 망명 사건만큼 충격적인 것은 많지 않다. 직접성이라 함은 이 사정을 지적한 것이다. 황장엽 망명 사건이『정보원』을 가늠하는 독서의 긴장력에 알게 모르게 관여된다는 것, 따라서『정보원』의 개작 및 재발표의 의의도 이와 결코 무관하지 않을 것이다.

## 2. 가문과 가족

여기까지 이르면 한 가지 독서의 '긴장의 장(場)'을 떠올리지 않을 수 없는데, 간첩과 망명에 대한 사유가 그것이다. 망명이란 무엇인가. 자기 나라에서의 정치적 · 종교적 또는 그 밖의 박해나 추궁을 피하기 위해 몰래 출국해서 외국으로 몸을 옮기는 것이 망명에 대한 일반적 정의이며, 그런 사람을 일러 망명객이라 함이 보통이다. 한편 간첩이란 무엇인가. 한 나라의 군사 정보나 군대의 행동 또는 국가 기밀을 정확히 탐지, 수집하여 타국 또는 자기 나라에 제공하는 비밀 앞잡이라 규정됨이 보통이다. 이러한 간첩의 자수란 무엇일까. 죄를 범한 사람이 심한 자책과 죄의식을 느껴 죄가 발각되기 전에 자발적으로 수사 책임이 있는 관서에 대해 자기의 범죄 사실을 신고함으로써 그 소추(訴追)를 구하는 일을 일컬음이 일반적이다. 그럴 경우 그것은 형의 감경 사유가 되며 특별한 경우 형의 면제 사유도 될 수 있다. 따라서 이러한 자수는 자백(수사 과정에서 드러나는 고백)과는 구별된다. 그렇다면 황장엽의 망명이란 무엇인가. 무엇보다 그는 간첩이 아니었음에 주목할 것이다. 그리고 그는 제3국을 택한 것이 아니라, 다름 아닌 한국(서울)에 망명한 것이었다. 그에겐 뚜렷한 명분이 있었음을 이 사실이 웅변하고 있다. 통일을 위한 징검다리가 되겠다는 것, 한반도의 돌발사고 예방을 위한 밑거름이 되겠다는 것이 그것. 이러한 사명이란 '가족'조차 버릴 수 있을 만큼 대단한 것이었다.

가족 버리기란 무엇인가. 가족(개인 단위)을 희생할 만큼 대단한 것도 세상에 다 있다는 것일까. '있다'는 쪽에 선 두 부류의 인종이 한반도를 둘러싼 기묘한 상황 속에 있었다.

그 하나는 황장엽 당서기였고, 다른 하나는, 이 점이 중요하거니와, 간첩으로 자수한 『정보원』의 주인공 정사용이었다. 전자에 있어 가족을 버릴 만큼 그 대단한 사명이 한반도 비극 구출이라면, 후자에 있어 가족을 버릴 만큼의 그 대단한 '명분'이란 무엇이었을까. 이 물음에 『정보원』의 잠정적 의의가 걸려 있다고 할 것이다.

'가문 살리기'가 그것. '가족(처자) 살리기'냐 '가문 살리기'냐의 과제로 압축되어 첨예하게 정사용에게 강요되었을 때, '내 가족은 어쩌란 말이냐'고 처절하게 울부짖으면서도 결국 후자 쪽으로 주저앉고 만 정사용의 행동은 자수의 형태로 나타났다. 개인 단위의 가족 개념과는 다른 이 가문 개념이란 대체 무엇인가. 흔히 조선조 500년을 지배해온 계층을 논의할 때, 20개 가문을 내세우는 경우가 있다. 이들 가문이 지배층을 형성했기에, 조선조의 역사란 이들 가문사로 볼 수조차 있다는 지적도 없지 않다면, 대체 이 가문이란 피의 집단인가 일종의 계층인가 혹은 한국적인 어떤 특수성으로 설명될 그런 집단인가. 정사용의 숙부 정희성은 권력 중심부에 있는 대정치가였고 조카들은 자산가요 사업가들이었다. 이 가문이 지닌 삶의 메커니즘과 권력 의지 및 윤리 감각이 불러일으키는 느낌은, 권력 구조에서 권력 구조에로 수평 이동한 황장엽 사건과 족히 비교될 수 있다. 『정보원』의 개작과 그 의의도 이와 무관하지 않을 것이다.

### 3. 낭만적 이념으로서의 6 · 25세대

가문이냐 개인(처자)이냐의 양자택일의 딜레마에서 전자를 택한 자의 비극을 문제삼은 것이 『정보원』이 지닌 표층적 의미임을 지금껏 살펴본 셈이다. 이 사실은, 잘 따져보면 '소설 바깥'의 논의가 아닐 수 없다. 소설이란 본래가 허구인 만큼 허구가 지닌 그 독자적 원리랄까 법칙이 있는 법이다. 한반도라든가, '가문', '가족' 등의 문제가 아무리 소설적 진실을 초월할 만큼 대단한 것일지라도, 『정보원』이 소설이라는 장르상의 허구의 범주에서 벗어날 수 없음도 사실이 아닐 수 없다. 소설이란 장르상의 허구가 지닌 기본항이란 무엇일까. 이 물음은 『정보원』을 논의할 경우 첨예하게 부딪치는 과제가 아닐 수 없다. 그것은 당연하게도, 소설 내부로 향한 진실성(법칙성)에 관련되게 마련이다.

두 인물이 이 작품을 실질적으로 지배하고 있다. 정사용과 김경철이 그들. 이 두 인물의 만남, 충돌, 화해, 변용의 과정과 그 합리성의 수용 여부가 이른바 소설의 내적 과제에 해당된다.

정사용과 김경철의 관계란 무엇인가.

무엇보다 두 가지 점이 지적될 수 있다. 세대 차이에 대한 점이 그 하나이며, 남자 40세의 결단이란 점이 그 다른 하나다.

정사용은 이른바 6·25세대이다. 유복한 가문의 외아들인 정사용은 중학교 5학년 때 좌익 사건에 휩쓸려 집안의 큰 골칫거리였으며 6·25를 맞아 의용군에 입대, 전투에 참가했고, 부상으로 실명 위기에 놓였으나 요행히 회복되었고, 이런저런 곡절을 거쳐 평양대극장 소도구 담당 노동자로 자리를 잡았고, 한 여배우에 반해 사력을 다해 사랑을 쟁취했다. 보금자리를 꾸미고 딸을 낳는다. 그로부터 10년 뒤인 1970년, 그러니까 그의 나이 서른여덟 살에 정사용은 밀봉교육을 받고 남파된다. 열 살 된 딸 지숙과 서른두 살의 아내를 남겨두고. 숙부 및 사촌들이 남한 사회에 중요 인물이었던 까닭이다. 가문이냐 가족이냐의 갈림길에 선 정사용은 마침내 전자에 굴복함으로써 자수의 길을 택한다. 정보부를 통해 타협·조정의 나날이 시작된다. 가문의 알선으로 새 장가를 들고, 아들까지 낳은 정사용은 서서히 사업가로 성장, 상당한 부를 축적하기에 이른다. 그로부터 약 9년의 세월이 흐른 어느 날, 정사용은 암으로 죽는다. 새 가정을 꾸미고 사업가로 변신, 10여 년간 노력해온 정사용의 죽음이 암으로 인한 것이 아니라 자살 쪽인지 모른다는 의문을 제기한 세력이 있었다. 정보부 측과 경쟁 관계에 있는 군 수사기관은 정사용이 그간 북쪽 정보기관과 접촉하고 있었다는 확증을 갖고 있었다. 문제는 정사용이 갖고 있는 거액의 재산의 행방에 있었다. 자살이냐 암으로 죽은 것이냐와 재산의 행방이 밝혀져야 했다. 정보부와 군 수사기관의 경쟁 관계가 시작될 수밖에.

이 소설은 여기에서 두 가지 유형으로 크게 갈라지게 된다. 첩보라는 특수 영역을 문제 삼는 스파이 소설 유형이 그 하나다. 넓은 뜻의 추리 소설로 규정되는 스파이 소설은 그 나름의 규범과 창작 규칙 및 음미의 방식이 있게 마련. 독자층의 형성 여부도 이 점에 관여되어 있다고 볼 것이다. 『정보원』은 이러한 범주로도 손색없이 읽힐 수 있다. 정사용의 자수 때 관여한 유능한 정보부원인 김경철이란 인물의 등장, 그와 정사용의 관계, 그리고 그의 치밀하고도 논리적인 추리력으로 자살의 동기까지 깡그리 밝혀진다. 이 작품은 그러니까 김경철의 4주간에 걸친 대활

약으로 요약되는 정교하기 짝이 없는 첩보 소설로 읽힐 수도 있다. 그럴 경우 평가는 첩보 소설이 지닌 일반 규칙 이랄까 기준으로 평가될 성질의 것이리라.

한편 자살 동기에 주목한다면 이 작품의 독법은 어떻게 될까. 이 물음에서 비로소 『정보원』이 첩보 소설에서 벗어 나, 문학 고유의 영역으로 들어오느냐의 여부가 판가름날 것이다. 이런저런 논의가 가능하겠으나 밝혀진 바의 정사 용의 자살 동기란, 매우 특이한 방식이었다. 북쪽에 둔 가 족을 보호하기 위해 자기의 의지로 자살했던 것.

그런데 이때 주목할 것은 '가족'이라고는 하나, 단순한 가족 개념이 아니라는 사실이다. 아내인 최영실은 무엇보 다 배우였다. 연극 〈붉은 기를 휘날리며〉의 프리마돈나. 정사용이 사랑한 것은 물론 여인 최영실이지만 배우 최영 실이 우선하고 있었다. 다음 대목이 이를 웅변하고 있다.

흰 저고리에 검정 반치마를 입은 그녀가 오른손에 크고 붉은 깃발을 들고 왼손으로 앞을 가리키고 있었다. 그녀 의 발밑으로는 수많은 남녀가 총칼을 들고 그녀가 가리키 는 방향으로 뛰어가는 자세를 취하고 있었다.(상권, p.107)

혼신의 열정을 다 바쳐 획득한 최영실은 아내이긴 하나 이상적인 여성미의 표본이자 미 그 자체의 표상이었던 것. 청년 정사용에 이러한 이상적인 미의식이란 무엇이었던가. 중학생의 몸으로 좌익 운동에 매달리고, 병든 아비를 뿌리치고 의용군으로 달려나간 이 외아들에게 이데올로기란 과연 무엇이었던가. 이상적 미의식의 추구와 불타는 이념에로 나아가기란 등가(等價)가 아니고 무엇이었을까. 그러기에 정사용의 자살 동기란, 실재하는 북한의 가족과는 무관한 것. 다르게 말하면 이 경우 가족이란, 이상적 미의식의 다른 이름이었던 것. 정사용의 자살 동기란, 그러니까 미의식이랄까 이념에의 순사(殉死)로 규정된다. 새 장가든 아내를 거들떠보지도 않은 것은 이 때문이다.

이러한 정사용의 편향성이란 인간이 지닌 어쩔 수 없는 낭만적 속성이지만, 또 하나 유의할 점은 그것이 6·25와 관련된 이 나라 이른바 6·25세대의 어쩔 수 없는 편향성이기도 하다는 것. 이 두 편향성을 떠나면 『정보원』이 지닌 소설적 무게랄까 진실성이란 이해하기도 설명하기도 어려울 터이다. 이를 세대적 편차라 부를 것이다. 이 점은 정보부원 김경철과의 비교에서 한층 선명해진다.

## 4. 추상적 인간의 자기발견의 길

정사용에 비해 김경철은 7년 아래 세대임에 주목할 것이다. 그것은 김경철의 나이 40세를 가리킴이기도 하다. 사내에게 40세란 무엇인가.

학보병 출신으로 정보부 근무 15년째인 김경철은 냉철한 두뇌를 지닌 인물. 그의 추리력이 실상 이 작품을 이끌고 가는 원동력이라 할 정도다. 그러나 잘 따져보면 추리력 하나로 일관되었을 뿐 실체가 없는 인물이다. 학보병 출신이라는 것, 형이 있다는 것, 노모가 있다는 것 외에는 '가문'에 대한 어떤 언급이 없다. 형이 있다든가 노모가 있다는 것도 지나가는 투로 한마디 들어 있는 그런 형국으로 되어 있다. 미국에 아내와 딸이 있다는 것도, 아내와 이혼하게 된다는 것에 대해서도 극히 추상적인 서술로 되어 있을 뿐이다. 정사용의 이념을 돋보이게 하기 위해 작가가 억지로 만들어낸 꼭두각시임은 의심의 여지가 없다. 요컨대 김경철은 구체적 실체를 갖지 못한 '추상적 인물'인 것이다. 꼭두각시와 다름이 없는 김경철이란 과연 무엇일까. 이 물음 속에 『정보원』의 소설적 진실의 한 부분이 은밀히 감추어져 있다고 할 것이다.

'추상적 인물'이라든가 '꼭두각시'라는 표현을 썼거니와,

과연 어떤 인물을 두고 이런 말이 썩 어울릴까를 잠시 생각해보면 어떨까. 일상적 삶의 현장으로 들어가보기로 하자. 일상적 삶이란 규범에 따르는 것이 보통이다. 성인이 되면 직장을 갖고, 가정을 이루며, 자식을 낳고 산다. 부모를 모시기도 해야 하고, 형제간의 우애도 이웃과 동료들과의 관계도 도모해야 하며 아내와 자식에 대해서도 사회적 통념에 따라야 한다. 그 속에서 자기 직업에 매진해야 한다. 일상적 삶이란 누구에게나 추상적 삶이며 꼭두각시놀음이 아닐 것인가. 이런 삶이 15년이나 지속된 김경철도 보통 사람들과 한치도 다르지 않은 삶이 아니었던가. 어느 날 문득 '나는 무엇인가'라는 의문이 일어났다면 어떻게 될까. '나 자신의 몫은 무엇인가'라고 묻는 순간, 일상적 삶은 송두리째 흔들리지 않으면 안 되게 되어 있다. 그 시기란 틀림없이 온다. 이를 삶의 위기의식이라 하거니와, 그 시기는 언제 오는가. 사내 40세가 그 고비인 것. 정사용도 그러했고, 김경철도 그러했다.

'내 몫은 무엇인가'라는 물음을 던지고 그 방도를 찾아 헤매는 과정이 이 소설의 중심부를 이루고 있다. 4주간에 걸친 숨가쁜 김경철의 움직임이란, 앞에서도 지적했듯 정교하기 이를 데 없거니와, 아무리 그래봐도 인생살이 선배 정사용을 매개로 하여 그를 모방하는 길에 다름 아니었다. 정사용에게 그의 이상을 모조리 빼앗겼기에, 정작 그는 허깨비로 전락되어간 형국이었다.

일찍이 이러한 사실에 논리적 설명을 제시한 장본인은 저 유명한 포이어바흐였다(『기독교의 본질』, 1841). 신이란 무엇인가. 그것은 인간의 착한 본질을 될 수 있는 한 많이 이끌어내 객체화한 존재이다. 그렇다면 그만큼 인간의 내용의 빈곤이 초래될 수밖에 없다는 포이어바흐의 논법을 노동자의 경우에 적용한 것이 마르크스의 '소외된 노동' 개념이었다(『경제학 철학 초고』, 1844). 노동자는 그가 부를 보다 많이 생산할수록 그만큼 빈곤해진다는 것. 어찌 종교나 노동에만 이런 원리가 적용되리오. 일상적 삶에도 사정은 마찬가지라 할 수 없겠는가. 가족, 직장 등등 자기의 주변이 풍요로워지면 그만큼 '나'는 빈곤해질 수밖에.

문제는 사내에게 이 빈곤에 대한 첨예한 인식이 40세를 고비로 한다는 사실과, 또 하나 이러한 인식이 '돌발적으로' 분출해 올라온다는 사실에 있다.

김경철의 경우 그것은 단 4주 만에 이루어진다. 그는 정사용을 매개항으로 하여, 사람에 '자기의 몫'이 무엇인가를 발견하고 이를 몸소 실천했다. 자기의 최량의 것을 정사용에게 빼앗기면 그럴수록 껍데기만 남게 되는 김경철의 변모 과정이 단 4주 만에 일어났던 것. 김경철, 그는 저도 모르게 정사용이 되어갔다. 정확히는 정사용의 아내 최영실을 자기의 아내로 확신하고 있었다. 최영실이란, 그러니까 미의식이나 이념의 영원한 표상에 다름 아니었다. 그 실천이 불가능하든가, 단 4주란 너무 지나치다든가, 기타의 이유들은 이 경우 별 의미가 없다. 문제는 '자기 몫'의 발견과 그 실천의 의지에 놓여 있기에 그러하다.

『정보원』을 이러한 시각에서 읽는다면 주인공은 김경철이 아닐 수 없다. 정사용이란, 그러니까 김경철에게 일상적 삶에서 깨어나 참된 자기를 찾게끔 하는 촉매제에 지나지 않는 존재다. 추상적 인간, 허깨비에 지나지 않는 김경철이 참된 자기를 인식하고 그것을 찾아나서는 모험담으로 이 작품을 읽을 때, 끝으로 남는 것은 다른 두 가지 점이다.

하나는, 정사용으로 표상되는 자기 찾기란 낭만적 이념, 곧 에로스에로 귀착된다는 점. 다른 하나는, 이 점이 중요하거니와, 그 끝에 죽음이 닿아 있다는 것. 에로스(Eros)와 타나토스(Thanatos)로 요약되는 인간 본질의 과제.

## 5. 소설적 진실과 역사적 진실

참주제라 할 이 에로스와 죽음의 문제가 과연『정보원』
의 경우 소설적 구성과 표현의 밀도를 갖추었는가에 대해
논의하는 일이 다음 과제라 할 것이지만, 기묘할 정도로
작가는 이 점에 둔감한 것처럼 보인다.

그 곡절을 정확히 헤아리기는 어려우나, 아마도 작가가
지닌 모종의 초조함 탓이 아니었을까. 문학적 진실에 앞
선 역사적 진실에 무게 중심을 두게끔 강요한 것이 이 초
조함의 정체가 아니었을까. 이 작품 일역판(도쿠마문고,
1997)의 「역자의 말」에서 역자(윤학준)의 다음과 같은 기록
속에 그 모종의 초조함의 곡절이 담겨 있는지도 모를 일
이다.

소설 모델로 된 작가의 숙부는 전향 후 사업가로 재출
발, 상당한 재산을 모았으나 암으로 죽었다 한다. 그는 북
에 처와 어린 딸을 남겨두고 남파되었는바, 그 딸이 바로
〈피바다〉와 더불어 북조선이 자랑하는 대표적 가극 〈꽃
파는 처녀〉의 히로인을 맡은 홍영희여서 참으로 '사실은
소설보다 기이하다'라고 할 수밖에 없다.

당초 북조선 최고 권력자인 김정일이 '천재적 예술가'로

불려, 김일성을 필두로 한 혁명 제1세대들의 마음에 들어 수계자의 지위를 확고히 한 것은 이 가극 〈꽃 파는 처녀〉와 〈피바다〉 두 작품에 의해서라고 말해지고 있는바, 김정일이 홍영희라는 무명의 신인을 처음으로 찾아내어 여주인공으로 발탁하여 일약 스타덤에 올려놓은 것으로도 커다란 화제를 불러일으켰다.

지금 북조선의 일 원짜리 지폐에는 이 〈꽃 파는 처녀〉의 주인공을 맡았던 인기 절정의 여우 홍영희의 사진이 인쇄되어 있거니와 이로 볼지라도 김정일이 얼마나 그녀를 총애하고 있는가를 알 수 있으리라.

그녀가 이 소설의 주인공 정사용의 친딸이며, 작가인 홍상화의 재종누이이다.


이러한 역자의 말의 사실 여부와는 관계없이, 지적될 수 있는 것은 한반도가 지닌 가족 공동체의 특수 상황에 대한 문제의식이다. 통칭 1천만 이산가족이라 하거니와, 소설적 진실이 때때로 숨을 죽이는 것도 이와 무관하지 않을 것이다.

한국문학사 작은책 시리즈 7

정보원 하

**초판 1쇄 인쇄** 2016년 7월 5일
**초판 1쇄 발행** 2016년 7월 15일

**지은이** 홍상화
**펴낸이** 홍정완
**펴낸곳** 한국문학사

**편집** 이은영 홍주완 배성은
**영업** 한충희
**관리** 황아롱
**디자인** 심현영

04151 서울시 마포구 독막로 281(대흥동) 한국문학빌딩 5층

**전화** 706-8541~3(편집부), 706-8545(영업부) | 팩스 706-8544
**이메일** hkmh73@hanmail.net
**블로그** http://blog.naver.com/hkmh1973
**출판등록** 1979년 8월 3일 제300-1979-24호

ISBN   978-89-87527-51-2 04810
       978-89-87527-52-9 (세트)